文
景
———
Horizon

社 科 新 知　文 艺 新 潮

王耀庆 等 著

耀庆
职人访谈录

游艺的人

上海人民出版社

一朵树和一棵云的对话

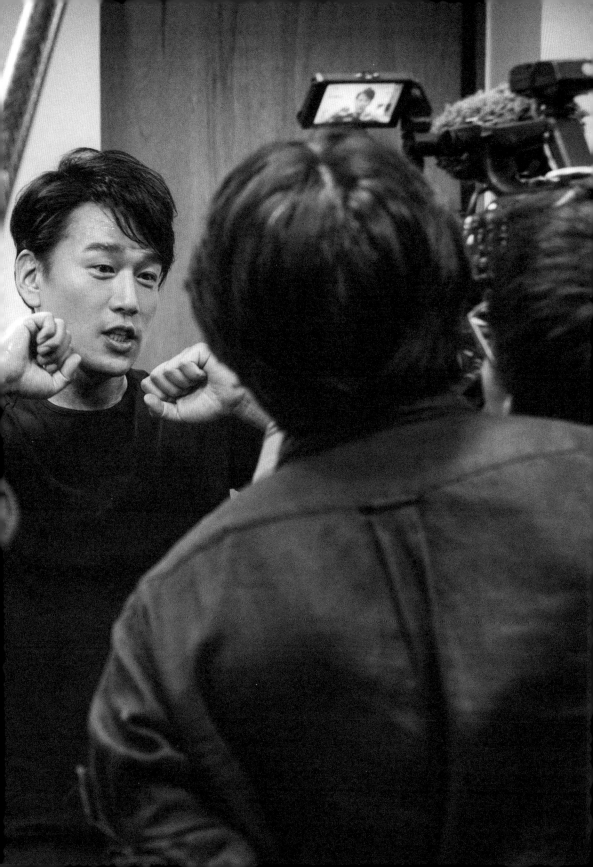

目录　CONTENTS

為什麼要做《職人訪談錄》呢？

为什么要做《职人访谈录》呢？

因为我发现职业精神正在被挑战，被挤压，说得更严重一点，被否定。一切都太快了，"机会"遍地都是，稍不留神也许就错失了"成功"的良机，没有人不焦虑，因为怕"来不及"。追求细节、坚持品质、不断精进，在今天这个非常务实和效率至上的时代，有点像是"古话"。我相信不只是我身处的行业如此，各行各业的从业者应该都感受到这种冲击，也都面临选择——怎么做才是顺应时势呢？

做到"A"已经很好了，不要去追求"A-Plus"，这种观点让我"不适"了很久，直到有一晚，在一盘炸虾天妇罗的面前得到了抚慰，感动到落泪。因为工作的关系在东京停留几天，终于有机会在"是山居"品尝"天妇罗之神"早乙女哲哉先生的料理。在送给客人的菜单扉页上，他写道："对我而言，天妇罗是一种艺术创作，是在工作中对美学的实践。"每一份端上来的炸物，都包含了他五十年的经验和心思，不需要语言交流，他已经在食物里把所有的意思都表达给客人了。听说曾经有客人称赞"好吃"，先生却冷淡地说，"本来就应该做成这个样子"。在我听来，这不是"本来"，这是"职业本能"，要经过多久的修炼、怀疑、失败，才能明心见性，看到事物的本质。他在自己钟爱的事情上不断深入，不断精进，令人敬佩。

我身边也有一些这样的人，他们很喜欢自己正在做的事情，我想把他们对工作的这股热情跟大家分享。最初开会讨论的采访名单，现在基本上一个也没有拍到，因为我们了不起的团队决定朝文化的方向走，所以第一集就是像林怀民老师、林奕华导演这种殿堂之上的人物，当然我也觉得很好。可是来到这个方向之后，我就有了一个小小的"私心"。

我也自诩为一名职人，如果是跟各行各业里面这么了不起、这么专业的大神们讨论所谓"职人"的问题，那么我最想跟他们交流的是，我对于自己职业的认知是不是也能够在其他行业里找到认同。

　　结果，真的是这样。

　　不管是艺术家、建筑师，还是制盐的匠人、捕鱼的海女，不管你从事什么职业，大家认定的道理都一样——你必须对自己负责，你必须一直坚持，才有可能做到最好。各行各业，没有例外，我觉得这就够了，很开心。

　　也许同样的话，我们不需要说十二遍，尤其是"贵在坚持，不忘初心"这种鸡汤式的口号。但是又也许，最简单的道理，就存在于我们已经听得很厌烦的这些话里面，如果不仅仅把它当作一句口号，如果真的能够把它刻在骨子里一直做下去，那就是了不起的事情。

　　最后，感谢接受我访问的所有职人们，谢谢他们愿意将人生的智慧分享给大家；感谢世纪文景的李頔、雨希，花了很大的功夫编辑这本书，让它如此生动地展现在读者面前；感谢我的经纪人郝为，在每一集初剪过后，总是第一时间给我诚恳的建议；感谢我的拍摄团队，在《职人访谈录》拍摄过程中给予我最大的想象空间和支持。

　　最后的最后，谢谢你，打开了这本书。

戏剧就是成长的道路，

是我选择的道路，不管它有多崎岖，或者，它有多康庄，

都能够让我一边走一边看到人性的本质。

CHAP
1

DAVID WANG

×

EDWARD LAM

王耀庆×林奕华

林奕华

香港舞台剧导演、编剧

1991 年成立"非常林奕华"舞蹈剧场。1994 年凭电影《红玫瑰白玫瑰》（关锦鹏导演）获台湾金马奖最佳改编剧本奖。1995 年回港后致力于推动舞台创作，至今已编导 58 部原创剧场作品，三次获得上海现代戏剧谷"壹戏剧大赏"年度最佳导演奖。

同时致力于文化及教育工作，分别为香港大学通识教育、香港浸会大学电影学院、香港演艺学院人文学科担任讲师。著有《等待香港》系列、《娱乐大家》系列和《恶之华丽》系列等。

就这样一直合作下去吧！

我跟林奕华导演相识于大概 2004、2005 年，他约我在台北的诚品书店见面，想找我来演他的舞台剧。一直到 2006 年，我们才真正开始第一次合作，是我参演他的《水浒传》，一出九个男人的戏。在那之后的五年里，我们又合作了五部作品，基本每年一部，直到 2011 年的《在西厢》结束，这样算起来，我们已经认识十几年了。

但这次要采访奕华，不知道有没有胜算。几乎是从第一次见面开始，我们的聊天就是某一种形式的问答，但不是我问他，而是他问我。因为奕华一直是一个很会提问，也很爱提问的人。事实上，我们每一次排戏的沟通过程也是用这种方式。所以后来，问题是否犀利，或者谁在采访谁都已不是重点，这种问答式的聊天变成了我和他之间的一种默契。

因为只有问对了问题，你才能更清晰或更深刻地了解另外一个人的想法。而这些问题，有时也会随着人生阶段的改变而得到不一样的答案。可是聊天的过程必须要一直存在，即便是问同样的问题，也还是能看出一个人的成长。

拍摄导演这一集是在 2016 年夏天，那时候我们还不知道即将合作的新戏长什么样子。而现在，跟奕华导演合作的第七部戏《聊斋 Why We Chat?》刚刚结束了在 11 个城市的 26 场演出。我有幸再次踏上舞台，再次跟张姐（张艾嘉）在戏里相遇、相爱，跟演员伙伴们一起经历一个作品的诞生，然后在每一场的表演中雕刻出作品的骨骼和肌理。奕华看到我在舞台表演方面的可能性，也给了我一个机会，让我享受台上所有的一切，非常感恩。

我愿意在他的作品中一直演下去。这么多年来，他一直在原创戏剧方面保持着活力，有很多的见解。希望通过我的表演，能让更多观众近距离地感受他想表达的事情。

2017

《聊斋 Why We Chat?》

2011

《红娘的异想世界之在西厢》

2010
《命运建筑师之远大前程》

2009
《男人与女人之战争与和平》

2008
《华丽上班族之生活与生存》

2007

《西游记 What is Fantasy?》

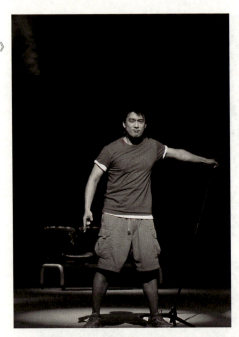

2006

《水浒传 What is Man?》

时间：2016 年 7 月 29 日

地点：香港文化中心排练厅

王耀庆：这是我的第一次拍摄，虽然跟导演聊过很多次，但这次的节目有些不同，我想它不只是我访问你或者你介绍我，它是双向的。原本的节目形式是我采访一些职人或者匠人，展现他们在职业道路上的想法和体会。不过作为一个发起者，我是否应该要先向大家介绍我是谁？我在想什么？为什么做这件事？所以它是双向的，在我采访别人的同时，也会是一个自我的采访。

林奕华：我以为是很轻松的。（笑）但我想我会主动提问，毕竟这个是在所谓的戏剧范畴。我的第一个问题是，什么样的戏剧会让你想起林奕华？

王耀庆：就是那种很长的戏啊。（笑）看得出来导演企图心很强的，需要一直动脑筋去思考的，主题必定是跟现代人有关系的，有很多议题观众看完之后可以去讨论的，对自己生活或生命有反思的，这些都是林奕华的戏剧会展现的。

《水浒传》之表演是服务业，这很奇怪吗？

林奕华：重温一下《水浒传》（非常林奕华 2006 年舞台剧作品）吧，我跟你合作的第一部戏。我非常清楚地记得，当时我跟编剧陈立华在写你的"再有一次机会你会怎么选"部分的时候，他认为，耀庆拿到这个剧本应该会觉得这是一块牛排。但是我们看你念完之后，就觉得似乎像牛肉干多一点，因为你好像不认为里面有那么多汁，那么多营养。原本他以为你会很兴奋，感觉写了一个我们认为的《哈姆雷特》给你。所以，你刚刚拿到这一段的时候有什么感受？

王耀庆：就我记忆所及，当时首先要消化的是这么多个问题，因为它整段台词一直在提问。我不确定我有没有受到朱老师（朱宏章，《水浒传》演员之一）的影响，就是你会希望通过某一种设计，让这些问题变成不是问句，而是陈述句。而那些堆砌出来之后，能够直接传达出来某一个效果，但我必须用我的方式去解决，包括节奏、情绪，去完成这个片段。当然这是我最希望拿得出手，也是最拿手的东西，我把它当作是一个挑战，用不接触他人的方式去独立完成这个片段。

"再有一次机会，你会怎么选"——《水浒传》剧本节录

情境八：小弟发现女友和大哥通奸，小弟该杀谁呢？

小弟　耀庆饰

大哥　张翰饰

弟妹　妲吟饰

To be or not to be...

我该杀掉我最心爱的女人，还是杀掉我最敬爱的大哥？

我爱大哥，到底是爱这个大哥，还是那个希望成为大哥的我？

你到底是爱现在的我，还是那个未来的我呢？

你是爱我呢，还是恨我呢？

大哥，为什么？为什么？大哥，你是爱我呢？还是恨我呢？

⋯⋯⋯⋯⋯⋯

你说大哥讲脏话很粗鲁，你很讨厌，所以我在你面前一直保持着对女性的尊重。但是你是真的喜欢被尊重吗，还是喜欢被粗鲁地对待？

你是从我这边得不到满足呢，还是你只是没有办法抗拒犯罪的快感呢？

这件事情我到底是知道的好，还是不知道的好？

是大哥告诉我，还是我的女人告诉我，我会比较好受一点？

我该杀掉那个不告诉我真相的人，还是该杀掉那个来告诉我事实的人？

你们是谁先开始的呢？

如果你们当中曾经出现过一次拒绝的话，那么是谁内心挣扎过呢？

你们两个在一起的时候，谁会提到我呢？

谁能向对方说得出口我的名字呢？

谁会先提议，以后不要再提起我呢？

（一大段自我痛苦挣扎）

谁在面对我的时候，会觉得内疚呢？

如果我们三个人之中，一定要有一个死掉，你们是不是觉得那个人应该是我呢？

⋯⋯⋯⋯⋯

林奕华： 这个片段最主要的主题叫纠结，而"纠结"的原因其实就是所谓的"爱"。但是这个爱，他不确定是不是能够被接受，不确定自己是不是以爱之名去背叛，还是背叛本身就违背了他的爱，他的纠结在这里。所以我想，编剧本身是个很纠结的人。

王耀庆： 是。

林奕华： 你是个纠结的人吗？

王耀庆： 我是个纠结的人吗？

林奕华： 所以你觉得角色的纠结跟你不矛盾。

王耀庆： 我会觉得我是个有细节的人。

林奕华：但是演员需要有纠结的心理吗？

王耀庆：需要的。

林奕华：那你说你不纠结？

王耀庆：我只说自己是不纠结的。

林奕华：你得说你要约束自己不去纠结。

王耀庆：我一直希望做到细节 A、细节 B、细节 C，然后这些细节是服务于某一个主题的。因为我的个性比较好大喜功，所以我希望尽量做出各种细节服务于这个主题。但我现在 CPU 的速度会比较慢。简单来说，我以前可能要花一个半小时就能做好一个提拉米苏，但是现在要花三个半小时。

林奕华：是精益求精？

王耀庆：也可以说是我能够选择的素材越来越多了，我会选择用更不一样的方式去处理某些东西。以前觉得这样做就是 A，这样做就是 B，这样做就是 C，现在会不太满足于这些，会想说，做出来的 A 可以是某一种 A-Plus 吗？

林奕华：你是从小喜欢观察细节吗，不管是家人，还是学校里同班同学上课时的状况？比如在一辆公车上，这些人可能因语言的互动而产生了一些化学作用，或许只是因为那一天下雨，所以大家都觉得很不耐烦。我的问题是，你会习惯把人与人的互动都存进你的记忆里吗？

王耀庆：没有，我只是好奇很多。就像你说的，不知道是因为下雨的关系，或者单纯就是因为这个人个性的关系，造成他不耐烦的原因可能性很多。不管是什么原因造成的，我只是好奇之后会怎么样。这个好奇心一直到现在还是有的。我如果在这个时候做出这样的反应，说了这样的话，会引发对手什么样的反应，即便我已经太熟知了，我还是会不厌其烦地尝试追求各种可能性。

林奕华：跟你演对手戏的演员，挑战性应该很大。因为你会抓到对方某些连他自己都不知道的机关，把它放大，以求达到戏剧效

《水浒传 What is Man?》首演记者会

果，是这样吗?

王耀庆: 我给自己的挑战是，希望尽可能做到每一天在舞台上的表演都不太一样。舞台剧是这样的，我们如果演四场，每天都是一样的片段，即便我再怎么处心积虑地想要探索节奏或是呼吸的改变，还是难免会有重复的时候。

林奕华: 你知道结果是这样，但是这个过程中你不能让自己腻掉。可是很多戏没有所谓实际的情感结果，可能就是一帮兄弟在那边醉酒、耍无赖，这就是要呈现的情绪。这种情绪创作空间不大的戏，你如何做到每天演而不会觉得无聊呢?

王耀庆: 这正是吸引我的部分，因为我不确定接下来会发生什么。就像现在，我在每天开机之前，这场戏要呈现出一个什么样的感觉，我不知道。即便此前已经有各种想法，但是"五四三二"——真正开机的时候，你不知道临场会下一个什么决定。这种未知会带来一种紧张感，让我觉得很享受，就是 actually I'm alive（我真的还活着），"未知"其实是好玩的。

林奕华：每个人对你来讲都是变数吗？

王耀庆：很多"突发情况"也都会是一个变数。

林奕华：不只是演员？

王耀庆：对，包括道具也是。

林奕华：一个杯子突然之间在舞台上爆了。

王耀庆：对！

林奕华：但是这种情况没有发生过吧？

王耀庆：有！《生活与生存》（非常林奕华 2008 年舞台剧作品）的那个酒杯就破了。你不知道这个"意外"会引发后面怎样的事件。舞台剧更好玩，或者说更有风险的地方，是因为演出不能停下来。所以我心里要有一个意识，不管发生任何事情，你要有办法解决意外。

林奕华：你刚刚接到《水浒传》的时候，有这么多的对手，而且都是男生，每一个都是独当一面的角色，这对你来讲是兴奋还是压力？

王耀庆：对于 2005 年的我，它是一个很好玩的事情。它就是一个梁山，一个比武场，我没有在任何其他地方能够相对公平地跟这么多年纪相仿的人比赛。

林奕华：那你竞赛精神蛮好的，因为 2015 年我们第一次做"舞台映画"放映了《水浒传》，那天你来参加映后分享会，你就跟我说对不起，我错了……

王耀庆：对对对，我一直以为我是演得最好的那一个，但事实上看完之后发现不是……

林奕华：那谁是演得最好的？

王耀庆：很难说，以前认为演得没有那么好的，其实也不像我想象中的那么差。

林奕华：是因为你变了，还是因为你观看的视角不一样？

王耀庆：可能是因为从舞台上跳出来，站在观众的角度了。

林奕华：但你还是觉得自己演得挺好的？

王耀庆：我对自己没有那么宽容。我看自己的作品永远会抱着一种心情，就是如果我现在重演，我一定不会这么演。它一定会有一些不足的地方，无论是舞台剧还是影视作品，它也许是演员当下最好的选择，以当时的历练、经验、能力做出一个最好的呈现。过了那段时间之后，你的想法可能不一样了，或者你经历的事情多了，可能会选择不一样的方式去处理。

林奕华：你再看自己的影视作品也是一样吗？

王耀庆：是，比方说《好美丽诊所》，我也不觉得我现在能再演到那个状态。

林奕华：所以表演状态是阶段性的？

王耀庆：是阶段性的，那个青春的状态只有那个时候会有。

林奕华：在创作一个角色的时候，你会觉得导演限制了你，而跟导演有一些不同意见或者争执吗？

王耀庆：不会，演员应该是为导演而服务，而不是为了演员自身。这是我自己作为演员奉行的一个信条。如何成为那个角色应该由演员自己来决定，但是这一切的前提是导演决定如何说这个故事，这就是为什么需要导演，为什么需要剧本。不过也有一种可能，在剧本不好的前提下，作品本身会释放出空间让演员自己去填充。

我大学的时候拍了两三部电视剧。从我开始接触影视剧以来，我从前辈身上学到的一直都是演员是为剧本、为导演服务的。我是来帮导演说这个故事的，并不是为了成就我自己，而是为了成就这个故事。导演会用镜头的语言、剪辑的节奏、对每一个人物不同的要求，以及拍摄的方式，讲述这个故事。我觉得表演是一种服务业，这很奇怪吗？

《西游记》之挑衅是一种信任游戏

林奕华：我大概能够理解。有人最初认识你是从电视综艺节目，而不是戏剧或电视剧。《西游记》（非常林奕华 2007 年舞台剧作品）里面就有一个类似综艺节目的设定，大家认为综艺节目就是一种服务，而且主持人服务对象的需求非常明确，就是娱乐。你从《好美丽诊所》开始，主持了七彩缤纷的各色节目，你在戏剧表演方面的第一个角色也类似综艺节目主持人，你觉得自己在舞台上演一个主持人，跟你在节目里做一个主持人，有什么不同的感受？

王耀庆：这个是有本质差异的。因为我真正主持综艺节目的时候，并不是去饰演一个主持人。

林奕华：做一个好的综艺节目主持人需要具备什么条件？

王耀庆：要很冷静。

林奕华：因为有危险？

王耀庆：我最常做的"效果"其实是生气，这个做法很容易有情绪。但是一个好的主持人其实是非常冷静的，要控制所有的细节、节奏、现场情绪、节目流程；要很清楚这一段大概要多久，效果到了哪里之后可以收掉，接下来应该做些什么事情，如果气氛不够热度应该怎么炒，如果气氛过热了又要怎么收尾。

林奕华：你刚才说常常做"生气"的效果，原因是什么？

王耀庆：因为它很好笑，看到别人生气，观众会觉得很好笑。

林奕华：所以你是在挑衅？

王耀庆：我也不知道从什么时候开始养成的坏习惯，就是觉得生气可以制造出来某一种效果，让别人生气或者自己生气。

林奕华：对，而且那个不是剧本里面有的。（笑）我们最初一起工作的时候，我还不熟悉你，互动也不多，可是我就发现你在舞台上有时候要让全剧院的观众生气，你会故意说一些激怒大家的东西，你的观点会通过你的表演来传达，针对特定的某一群人。

比如说《西游记》里面有一段是你跟张孝全的戏，我知道你们两个人私下关系其实是蛮好的，你并没有公报私仇的意思。那个戏谈的是"什么叫一夜成名"，它在讲你演的孙悟空有一个很大的焦虑，他觉得"自由"其实就是"要被很多人看见"，他必须要拥有名气才是自由的。舞台上演到这段的时候，你再加工了，就是你跟你的"对手"张孝全开了个玩笑，我觉得你和他很有默契，你每天都讲，他也没有当下在现场就黑脸，直到有一天他终于反击了。

王耀庆：他的反击其实是我还蛮期待的一件事情。

林奕华：你故意让他生气？

王耀庆：我并不是为了要让他生气才加那段词的，只是我觉得那样很好笑。但我也没有太觉得那句话会伤害到他，以我对他的了解或认识，我也不觉得他会很生气，只是它的现场效果很好。

林奕华：当然，全场都笑爆了！

《西游记 What is Fantasy?》中的张孝全和王耀庆

"五指山歌唱大赛2"——《西游记》剧本节录

孙先生　王耀庆饰（以下简称王）

沙先生　张孝全饰（以下简称全）

全　哎，你还好吗？

王　刚才那个是……

全　我的助理啊！公司派给我的。

王　喔。

全　听说你大闹天宫喽？

王　我也不知道，怎么会突然发了一顿脾气？年轻吧！

　　不是听说你去旅游了吗？怎么又回来了？

全　我不是去旅游，我是去旅行。

王　有什么差别？

全　旅游的话，心里是想着一定会回去。旅行的话，就不见得有回来的打算。我喜欢旅行，是因为旅行的时候，可以让我想很多的事情。

王　我不喜欢旅行。（看了孝全一眼，继续说）我不知道你有没有过那种感觉，有时候看着那些拍得很美的风景照或明信片，想象着当地人生活在其中，心里会有一种莫名的感伤，不知道为什么，想哭。（停顿）

全　（平静地）那是因为美好。

王　（看着孝全）……

全　因为你看到的，都是美好。那是一种幸福，但那幸福与你无关，所以你感伤。

王　（思考着）幸福与我无关……

全　因为我们是过客，所以在旅途中，只能旁观别人的幸福和快乐。

王　（难过地说）我现在才知道为什么我想哭，因为那个幸福与我无关。（咆哮）啊——！（激烈暴躁的发泄）

全　（等耀庆平静下来后说）你经常发脾气吗？

王　我也不知道。每天打开报纸，看着一个又一个的人一夜成名，尤其那些拍了同志电影一夜成名的（即兴台词），我很难不会有压力。

全　对，我也很难想象那些拍个"花系列"就红了的人（即兴台词）。

王　你也要回来出唱片喽？

全　对。

王　那你也很快会成名喽？

全　我对自己没有那个幻想。我会回来，是因为我在旅行的时候，发现自己真的很喜欢唱歌。如果要我因为别人怎么怎么样而放弃唱歌，我反而会觉得对不起自己。

王　那你为什么不在印度唱呢？

全　我知道你跟他们吵了一架，你心里还有气。我在旅行的时候，想通了一件事情：只要我知道，什么是我要的，我就会知道，什么是我可以不用在意的，不管他们想从我身上得到些什么，只要我能做自己想做的事情，其他的，就让喜欢计算的人去计算吧！哎，不要那么不快乐嘛，给你做个参考！

王　谢谢，我会想一想。

全　那我走啦。

王　（喊孝全）哎！哎！

全　怎么了？

王　你的额头有一块脏脏的。

全　（擦一擦额头）有吗？哪里？

王　在你的眉毛中间。是不是刚刚不小心，碰了一块印子？

全　（停止擦额头的动作）喔，那不是印子，那是我的第三只眼睛。

（孝全下场）

林奕华： 所以你怎样去评估对手的胸襟和度量？

王耀庆： 我通常不。

林奕华： 你就不管？

王耀庆： 对，为什么要在乎这件事情？

林奕华： 就是把他一起拉上一个钢索。

王耀庆： 对，我喜欢跟阿常（李建常，舞台剧《水浒传》演员之一）做这件事情，也喜欢跟朱宏章老师做这件事情。这就像是某种信任游戏，我会接住你，你可以往后倒，你要相信我，我可以接得住。不管我们怎么倒，我都相信彼此可以接得住。

林奕华：这也是你喜欢演舞台剧的原因吗？因为据我所知，在影视里面这个状况相对比较少，对不对？因为现场感少了，危险系数也就没有那么高了。

王耀庆：对，确实是。因为电影电视是剪辑出来的作品，对手演员有可能现场就走人了（大笑），等他想好怎么回应你之后再回来，所以观众看到的是剪辑的成果。

《生活与生存》之第一次与张艾嘉合作

林奕华：你刚才说朱宏章、李建常，还有张孝全，他们都是男性。但比如说到《生活与生存》（非常林奕华 2009 年舞台剧作品），你的对手是张艾嘉。当然张姐也不完全是女性的，可是除了性别之外，毕竟还有资历，她在你前面就是历史，你会跟张姐玩信任游戏吗？你有没有激怒过她，或者她有没有激怒过你？

王耀庆：《生活与生存》对我而言非常细致、颓废、脆弱，我希望能够塑造出这种气质，所以在跟每个人相处的时候，比方说《水浒传》的时候我跟这九个男生都是兄弟，在《西游记》里面我跟孝全所扮演的角色其实是某种对手，所以我会在戏里去伤害他们，或者开玩笑。

但是在《生活与生存》里面，我跟张姐的角色亦敌亦友。她是我的上司，我必须依存她释放的某种权力，才有可能释放自己的权力，才能获得某种益处，然后我也希望从她身上求一点什么，但不是靠暴力取得的。

林奕华：但是比如说"最后的晚餐"有一段戏，你走到张姐面前讲一句台词，当时你很大声，你在她眼睛里面看到了什么？因为我不是演员，所以我很好奇。大家彼此都不是最熟悉的，但是就会有那种最有侵略性的，或者最脆弱、最赤裸裸的眼神出来。

王耀庆：那是很美好的时刻，其实对别人怒吼的那个人才是弱者，用语言伤害别人的人，其实是已经被伤害的人，在这里也是成立的。大伟（王耀庆剧中角色名）那么想要去伤害张威（张艾嘉剧中角色名），但其实观众看到的是，大伟才是被伤害的那一个。用愤怒的方式，看起来强势的男人，眼神里面其实是受伤的。

林奕华：跟张姐合作，有没有什么预期是跟实际一起合作后不一样的地方？你觉得你们对手戏够多吗？

王耀庆：我觉得我们对手戏挺多的，就像我从来没有想象过，有一天我会跟张姐同台。我的整个演艺生涯一直都充满着惊喜。

林奕华：那是你第一次演83场？

王耀庆：对。

林奕华：所以这个83场对你来讲是怎么样的经验？

王耀庆：因为我们不是像伦敦西区那种，可以在一个剧场固定下来演很长时间的戏。

林奕华：对，最多是在香港，16场。

王耀庆：83场听起来也不是特别多，但是对这个戏而言是困难的，花了很长的时间啊！我们两年半才演了83场，而且是很辛苦的，也是因为剧本的关系吧。即便前面做过《水浒传》《西游记》，到了《生活与生存》的时候，情感的消耗还是很大的。

在我的认知里面，表演最好的状态是演员在做表演的同时，会有另外一个自己在监督、观察。就好像有一个叫王耀庆的演员坐在这里，看着正在表演的王耀庆，看这个肉体在扮演角色的时候怎么调动情绪，顺序是不是合理，调动情绪的量跟度是不是准确，同台演员和观众的反应如何……这些意识是同时开放的，包括所有的呼吸、空气的流动，这一切都在你的掌握当中，这是最完美的状态。

林奕华：这也是舞台表演如此吸引你的地方。

王耀庆：有一个很有趣的事情，是在演《远大前程》的时候，有一次在成都演，那时候是冬天，但是只有观众席有暖气，我只有一件衬衫一条裤子，还必须打赤脚，在台上奔跑，还要说一段台词。当时冷到我觉得自己是在德国的公园做户外演出，真是疯了！但就是这种荒谬，你知道台下所有观众在看我们演戏，那一瞬间你还是带着这么多人呼吸，让观众相信舞台上正在发生某一件事情，然后发现这件事情跟自己的生活是有关的，最终产生情感上的一种连接。演员怎样带着这个连接，带着所有人的呼吸说一个故事，对我而言，这是别的东西永远没有办法取代舞台剧的，每一天晚上都是新鲜的，每一天晚上都是一次重生。

2010年，第83场《华丽上班族之生活与生存》在成都封箱，告别舞台的不舍之吻

《远大前程》之表演的终极奥义是同理心？

林奕华： 在《命运建筑师之远大前程》（非常林奕华 2010 年舞台剧作品）的一段戏里，我提了一个对演员来说很有挑战的要求。那段戏我安排你代替李心洁去演她的角色，跟杨佑宁扮演的建筑师签"卖身契"。

我当时并没有预期你会做那样的表演。我记得当时的想法是，宝贝（李心洁剧中角色名）和小鬼（王耀庆剧中角色名）这对恋人原本是一体的，可是心洁得到一份改变命运的合约，但你没有得到，所以你代替她，坐在她的位置上，那份合约就放到你的面前。后来你坐下的时候，就有一个形体上小小的设计，你变成了"宝贝"。我觉得你对于换位思考非常敏感，在演戏时，不是只表演你的角色，同时也了解你对手的心理、对手的台词。你记得这场戏吗？

王耀庆： 我记得，我当时很缓慢地走过去进入这个状态。

林奕华： 就是这个状态。

王耀庆： 我确实想表演得更女人一点。

林奕华： 因为舞台跟影视很不一样，舞台更依赖观众的想象力。

王耀庆： 是的。

林奕华： 这个处理对于我来讲其实有点风险。

王耀庆： 是，观众怎么知道那一刻他其实已经转换成了另外一个人呢？

林奕华： 但是因为整出戏，尤其你跟心洁的关系，在前面的铺垫一直都有互相转换虚位以待，当他们两人在一起的时候，其实心是分开的；真正到了分开之后，才发现还是忘不了彼此。我觉得你领悟得很好，又加上你自己的设计，这个虚跟实的对比，我觉得对演员来讲多了很多空间。所以你在演戏的时候也会去想，我为什么要这样做，对不对？

王耀庆： 我很难不去想，因为表演一定要有一个支撑点。可能我生活中做很多事情就没有太多的心理活动，但是在表演的时候，心里面那句潜台词是非常重要的，很难真的放空。如果没有那句话，可能觉得自己的表演没有那么成立。

林奕华：你为什么说你平常的生活没有什么心理活动呢？你平常讲的话都有潜台词啊！就是因为你在生活中很了解"潜台词"，所以才能够在剧本中找到很多深层次的表演空间。

王耀庆：我尽量不让自己的日常生活中有太多心理活动。

林奕华：所以你会用线上游戏的方式？

王耀庆：类似的，或者抽雪茄。

林奕华：还是因为你有很多潜台词，你才会说我要把它掏空，你是不太愿意去面对。

王耀庆：这样说好了，但凡牵涉到表演，我必须要有这句潜台词。当我观察别人的时候，我希望知道这个时候你心里面的潜台词是什么。或者当我使用这句潜台词之后，我可以得到些什么。这些充斥在我的生活里面，一直不断地尝试并且探索，以至于它已经跟呼吸一样自然，没有休息的时候，甚至也不需要真正意义上的休息。因为我一旦启动，当我开始说话的时候，所有的一切都在一个给予和接受的过程当中而已，真正的休息反而是什么都不做的时候。

林奕华：我们还是回来谈谈你在《远大前程》里的角色——小鬼。这个戏跟你其他的戏比较，最有趣的部分是，在《生活与生存》中你一定是大伟，你不可能是李想（郑元畅剧中角色名）。但在这个戏里面，你有可能是小鬼，也有可能是杨祐宁演的摩西。

对张姐（《远大前程》编剧为张艾嘉）来讲，一开始你一定就是小鬼，因为她开始的设想是只有一个男主角，后来把男主角分成两个的时候才有了摩西。所以你当时觉得，小鬼跟摩西的心理活动，哪一个是更合适你的？不是角色，而是两个人的心理活动。

王耀庆：我肯定是适合演小鬼的，我当时好像为了这个角色一度很挣扎，到底是演小鬼还是摩西，但现在，可能很多人对我的认

命运建筑师之 ——

远大 前程
Grand Expectations

宝贝、小鬼和摩西，
现代城市的"我们仨"，在命运的玩笑中寻
觅、扮演、设计幸福，但如何才能为彼此建
筑出真正的"幸福"？

知是我更适合演摩西。

林奕华：高富帅之类的。

王耀庆：对，但是其实从心理活动上来讲，我可能会比李心洁更适合演宝贝。

林奕华：哇哦，这是非常有趣的观点！但你不可能是红娘，你不会比奶茶（刘若英）更适合演红娘。

王耀庆：对，因为我可能并不是"乐见其成"的人。

林奕华：为什么？

王耀庆：可能有一种感觉，为什么一定要成呢？因为要"成"很不容易。

《在西厢》之延续温暖

林奕华：所以你觉得生命中最美的部分都是遗憾吗？

王耀庆：最美的部分都是遗憾？不是啊。

林奕华：你觉得你有"成就"了一些什么？

王耀庆：我也不认为一定要失去才会懂得珍惜，我认为这是太可笑的一件事情。

林奕华：为什么？

王耀庆：因为如果你懂得珍惜的话，不管失去与否，甚至不管你拥有与否，你都应该珍惜啊。为什么一定要等到说再见了，才想起在一起的好？你问我成就了什么……

林奕华：打断一下，换个问题，我现在不想知道你成就了什么，我想知道你失去什么？

王耀庆：我失去什么？所有我没有选择走的路，我都不知道它们通往哪里，所以我也不知道我失去了多少。我很讨厌回答假设性的问题，就是因为我不知道"如果"背后是什么。享受当下，因为一旦你尽了力，失去也没有什么好怕的。

林奕华：2011年《在西厢》的表演，我觉得特别有意思，因为它是个很开放的角色。《在西厢》里面你演了两个角色，一个是张生，一个是郑恒。郑恒是个普通人，跟之前的角色很不一样。你跟奶茶的最后一段戏，有差不多半个小时，其实你们两个人都在一个失重的状态，你有同感吗？

王耀庆：没什么压力，就是空气感。

林奕华：是，你们营造了一种空气感。所以我想问，当时你也知道，这个角色演完之后，自己就要暂别舞台了。对你来说，刚签了内地的经纪公司，前路也不知将要面对什么，现在回想《在西厢》这个片段，你还记得一些什么？对离开舞台之前的这个演出，或者这个角色，你有一些什么感受？

王耀庆：我觉得《在西厢》留给我最后的一个感受就是一种温暖，因为它最后想要提供给观众的，无非就是在荒谬的、纷纷扰扰的人世之中的一种温暖。这份暖意延续到台下，延续到我离开舞台很多年以后。不管是对身边很多人的给予，还是面对生活的点点滴滴，或者是在处理事情的时候，这个人物郑恒，或者说是这样的一种温暖，一直延续到了今天。

番外　幕前幕后之快问快答

Q：耀庆，如果让你形容一下你跟林奕华导演之间的关系，你觉得你们俩是一种什么样的关系？

王耀庆：危险关系！

Q：奕华导演，请你形容一下你跟王耀庆之间是一种什么样的关系。

林奕华：就好像走进一条街，然后看到好多店，好多东西都想买，但是没有很多钱。然后你就想着，那到最后我要买走的是什么。

Q：耀庆，如果让你用一种动物来形容林奕华导演，你会如何形容？

王耀庆：麝香猫！

林奕华：哇哦！

王耀庆：谁知道这是什么东西呢？

林奕华：对，我的"哇哦"就是这个意思。

Q：导演，如果让你用一首歌来形容王耀庆，你觉得他是？

林奕华：《其实你不懂我的心》。

Q：耀庆，如果让你用一种颜色来形容林奕华导演，你觉得他是什么颜色？

王耀庆：刚下过雨的热带雨林，河面上雾散掉之后，逐渐散发出来的那种奶白色。

林奕华：他说得好像真的见过一样。

Q：导演，如果用一本书来形容王耀庆，你觉得他是一本怎样的书?

林奕华： 这个大概可以分开两个角度来回答，一个是西方的，一个是东方的。我觉得他蛮适合《追忆似水年华》，还有一本就是《红楼梦》。

Q：我们知道 2018 年两位有可能会再度合作一部舞台剧……

林奕华： 谁说的?!

王耀庆： 谁说的! 是谁说的?!

Q：观众说的!! 所以导演，通过今天跟耀庆一个下午的访谈，你觉得如果再合作，王耀庆可以来演什么角色? 或者，你希望看到他在你的舞台上有一种什么样的面貌?

林奕华： 什么角色都可以，反正不要演我就好了，他演不来的。

王耀庆： 这是一个挑战吗?

Q：那耀庆，如果有一天让你在舞台上扮演林奕华的话，你认为你可以怎么去扮演他?

王耀庆： 我会拒绝。

林奕华： 太没有挑战性了吧。

Q：我们的访谈视频会在一些平台上播出，有一些观众认识林奕华导演，有一些观众认识王耀庆先生。想请两位分别为那些认识你们的朋友介绍一下彼此。哪一位先开始?

王耀庆： 我先! 大家好，我是王耀庆。在我身旁的这一位就是林奕华。我跟他花了五年时间做了六部舞台剧，他是一个有很多话要说的导演。接下来请听听看他要说什么。

林奕华： 各位，这是王耀庆，我想大家现在不管在电脑上面，还是在电视上面，都会常常看见他。所以我觉得让我来介绍他，倒不如让我来说说大家可能不知道的部分。

我自己觉得最有趣的部分其实就是他的未来，大家看到的都是王耀庆的过去，而他对我来讲是一个有非常多未知数的人。当然，这也是演员要具备的条件，让人对他产生好奇。观众看演员是因为能够把自己的欲望投射到他身上，我觉得大家来看王耀庆的话，也许跟其他演员不一样，最好玩的地方是他能让你看到一些自己的未来。

Q：最后我们在很著名的普鲁斯特问卷里挑出五个问题。想请问林奕华导演，你觉得你最恐惧的是什么？

林奕华： 自己。

Q：耀庆，你最希望拥有哪一种才华？

王耀庆： 透视眼。

Q：奕华导演，你觉得你生命中最珍惜的东西是什么？

林奕华： 我最珍惜的东西就是我遇到很多外面是人的模样，但其实内心是小动物的"小动物"。

王耀庆： 他说的不是我。

林奕华： 他是大动物。

Q：耀庆，如果你可以选择，你希望你人生中的哪一个阶段可以再来一次？

王耀庆： 全部。

林奕华： 太贪心了吧。

Q：最后一个问题同时问两位。

林奕华： 为什么你问他三个，问我只是两个。

Q：都是三个。

林奕华：是吗？我只回答了两个。

Q：好，那我补一个给导演。请问奕华导演，哪一个你身上的特点让你觉得最痛恨？

林奕华：哪一个特点？会秃头吧。

王耀庆：同样的问题，我要求问我一遍。

Q：OK，请问王耀庆先生，你觉得你身上的哪一个部分让你最痛恨？

王耀庆：专情！这跟秃头有什么两样？

林奕华：让我想想，我觉得这是个哲学题。

Q：最后一个问题是问你们两位，有没有发现你们生活中最常使用的词语是什么？

林奕华：我觉得他是英文词，是四个字母的，对吧？

王耀庆：对！

林奕华：我们现在一起来，一二三！

王耀庆：Love！

林奕华：Shit！

王耀庆：How can you be so rude？（你怎么可以这么粗鲁？）

林奕华：Because I'm so real.（因为我很真实。）

Q：我的问题已经完了。最后的彩蛋，就是你们两位有没有可能问对方一个问题？问完之后对方立刻翻脸走人也可以。

王耀庆：我想问导演最后一个问题，你觉得戏剧对你来说是什么？

林奕华：最直接的回答——戏剧就是成长的道路，是我选择的道路，不管它有多崎岖，或者，它有多康庄，都能够让我一边走一边看到人性的本质。

我想问的是，我的表述真的太婉转了吗？问我的第一个问题，我回答了有一条街，有很多店，会听不懂吗？

王耀庆：不会的，导演你想太多了……

舞蹈，是表演的人在台上用尽浑身解数，
用身体跟观众的生理和感官对话。

CHAP
2

DAVID WANG

×

HWAI-MIN LIN

王耀庆 × 林怀民

林怀民

云门舞集创办人暨艺术总监

原为著名小说家，留美期间开始正式习舞，1973年创立云门舞集，1983年创办艺术学院（今台北艺术大学）舞蹈系，1999年创立"云门2"。

他经常从亚洲传统文化与美学中汲取灵感，编创充满当代意识的舞作，是国际推崇的编舞家。

2013年，继玛莎·葛兰姆、默斯·康宁汉、皮娜·鲍什之后，获颁有"现代舞诺贝尔奖"美誉的"美国舞蹈节终身成就奖"。同年，联合国教科文组织的国际剧场机构邀请他在巴黎举办的"国际舞蹈日"庆祝活动中，代表全球舞蹈人士发表舞蹈日献词。

并获颁包括台湾和香港六所大学的荣誉博士，以及菲律宾麦格塞塞奖，美国洛克斐勒三世奖，法国文学艺术骑士勋章，德国舞动国际舞蹈大奖的终身成就奖，英国三一拉邦学院荣誉院士，国际表演艺术协会卓越艺术家奖，蔡万才台湾贡献奖，并获选《时代》杂志"亚洲英雄人物"。

压抑就是我的高潮，安静也是一种气场

林怀民老师的影响力是前无古人后无来者的。

2018 年 11 月，云门舞集四十五周年《林怀民舞作精选》在台北首演，全场座无虚席。7 点 28 分，离正式开演还有两分钟，舞台监督准备关掉观众席的场灯。按照惯例，场灯一暗，工作人员就会领着林老师悄悄进场，坐在靠走道的老位置上。那天也许是有些小 bug，灯还未灭，林老师已经从侧门走进剧场观众席，几乎是同时，全场一千八百多名观众从座位上站起来向他致意、鼓掌，掌声密集热烈得让人想掉眼泪。这就是林老师独有的气场。

林老师用 45 年的时间，带领云门舞集在全世界的舞台上舞蹈，成为世界一流的现代舞团。1973 年创团，1988 年宣告暂停，1991 年复团，2008 年舞团在八里的排练场失火遭受重创，2015 年来自天南海北的 4155 笔捐款又帮助云门在淡水重建了新的剧场。林老师说，这些钱既有企业的捐助，也有小朋友几十块钱的糖果钱。大家

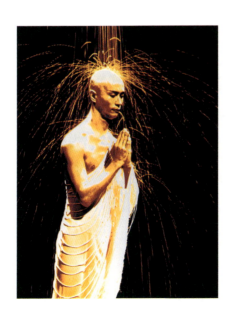

《流浪者之歌》（1994）舞者王荣裕

不想看见云门消失，因为它是一个时代的精神典范。

第一次见到林老师是 2011 年，我在上海拍电视剧《浮沉》，正好赶上《流浪者之歌》巡演。那是第一次现场看他的作品，也是第一次感受到舞者的气场。这是林老师 1994 年的作品，那年他飞往印度，去了一趟佛祖得道的"菩提伽耶"，回台后编出震惊世界的《流浪者之歌》。

幕起，一位僧人走上舞台，站定、闭目，一片安静中，稻米忽然从天而降。一道光束和这股稻米瀑布在此后的 90 分钟里，不断地洒落在演员的头顶，随着音乐的变化，淅淅沥沥或者暴雨如注，而他纹丝不动，一直到演出结束。他专注的"静"与其他舞者行云流水的"动"形成鲜明的意向对比，生命的喧哗与内心的安宁一直同在。

这支舞还有一个非常特别的尾声。舞者谢幕后，演出并没有结束，全场观众看着舞台上唯一的舞者拿着农具，把满台的稻米一圈一圈地耙成完整的螺旋图案，整个过程严肃缓慢，大约用了 10 分钟。观众从开始的好奇，到不耐烦，最后有人开始离场，我担心走出剧场大家会如何评价这支舞，它实在太考验观众的耐心。

果然，接下来的演后谈，观众和林老师的一段对话让我折服至

《流浪者之歌》舞者吴俊宪

2001 年林怀民老师在印度

今。有人现场质问，"不论是电影、电视还是舞台演出，到了尾声一定是高潮迭起，给观众最终的一击，为什么你让我们看一个人耙了10分钟的米？我感到非常压抑！"老师拿着话筒非常平静地回答："因为对我来说，'压抑'才是我的高潮，这是一支安静的舞，也是一支时间之舞。"现场观众高声叫了一声"好！"随即掌声雷动。

在后台等着见林老师，他远远地走过来，大声喊了一句："偶像！"我当然脸红，因为老师在台北看过一场《华丽上班族》，认为我的表现还不错。他跟身边的排练指导说，"你看，耀庆身体很活，很软，这是可以舞蹈的身体。"也许是这句话给了我一些信心，在《职人访谈录》拍摄之初，大胆向林老师发出了邀请，老师很快地复我一字："可！"

8月，大暑刚过，还可以听到蝉鸣，上山拜访现代舞的一代宗师，没想到老师还送了一份礼物给我。访谈结束，跟着云门的资深舞者邱怡文上了一堂体验课，站桩、缠丝、呼吸、深蹲、控制，一个动作里有八个对身体的刻度要求，肌肉的剧烈疼痛之外，仿佛重新认识了自己的身体。

云门剧场，这里聚集了一群有故事的人，你能感受到那个能量，他们用自己的生命坚持做一件事情。我在想，希望我也和他们一样。

时间：2016 年 8 月 2 日

地点：台北·淡水　云门剧场

云门流浪记

王耀庆：您最早从什么时候开始跳舞的？

林怀民：5 岁吧，乱跳。

王耀庆：什么时候发现自己真的很喜欢跳舞？

林怀民：五六岁就很喜欢跳，可是一直没有机会学。14 岁的时候我发表了一篇小说，那个稿费对当时的我来说是很大一笔数目，刚好可以交一个月芭蕾课的钱，所以我就去学了芭蕾。可是后来发现自己不适合，因为我 14 岁了，太老了。然后也觉得老师教的跟书上读到的东西不一样。

王耀庆：所以反而从书上看到的比较开心？

林怀民：是幻想，幻想比较开心，所以我就没跳了，到美国去了。

王耀庆：您回台湾后就创办了云门舞集？

林怀民：1973 年，我回到台湾。在六十年代成长的人都觉得我们可以改变世界，当时觉得我们回来好像应该做点什么。如果有人那时候找我做环保，我也就去了。结果刚好有人找我跳舞，我就搞成了这个样子。

王耀庆：现在这个场地是新建的吗？

林怀民：是，去年才开幕。

王耀庆：之前一直在八里的排练场？

林怀民：不是，云门流浪过很多台北市的公寓，二三十平方米的空间。

王耀庆：最初有几个人呢？

林怀民：最初有十一个人，流浪在这些公寓。这些公寓第一地

1975 年的云门排练场

方小，第二屋顶低，一抬头"咕咚"一下就撞到了。1992年的时候，我们搬到了八里。房东盖了一个厂房，我们住了19年。夏天热得不得了，冬天冷得像冰箱，但我们仍然觉得很幸福，因为有很大的空间，很多舞作都是在那儿完成的。2008年春节放假的时候，初五晚上电线着火了，事情就糟糕了。

王耀庆：从八里的场地烧了，到找到现在这块地方重新盖好剧场，中间隔了多久？

林怀民：其实很快，因为那时台北县县长周锡玮先生希望我们继续留在台北县，就是今天的新北市。他给我们看了几个地方，来到这里，大家都很喜欢这个地方的环境，看到这些漂亮的树我就要发疯了。云门过去在八里排练场，旁边也有一个小树林。更重要的是，这里是广播电台的旧址，中间没有柱子，上下两层，活生生就是个排练场的样子。

租到地皮之后，我们又筹到了4155笔捐款。这里面有企业界的大笔捐款，有小朋友100块（新台币100块约合人民币20元）的糖果钱，也有海外的捐助，凑起来建成了今天我们看到的云门剧场。

王耀庆：不管是什么人什么团体，就像云门，能够一直走到某一个程度，其实都不会是一个人的努力或者功劳。

林怀民：以表演艺术来讲，全世界的表演艺术团体，舞团、芭蕾舞团或者交响乐团、歌剧院、美术馆，基本上都是赔钱货，特别是表演艺术，它是劳动力密集型的，电视剧拍完了片子可以拷贝，但表演艺术不行，从第一天排练到最后一场演出，就是靠这些人，所以大概全世界的表演艺术团体都必须靠政府的补助，靠民间的捐款。

人有多少种心思，舞蹈就有多少种面貌

王耀庆：很多人，包括我，对现代舞其实看不太懂。它更多是一种体会，对于创作者、舞蹈者想要呈现出来的东西的一种

体会。

林怀民： 体会就很好了，你为什么要知道舞蹈家怎么想的呢？就像李白的诗，你今天读"黄河之水天上来"，也不知道他当初想什么，可这并没有影响你欣赏它，感受它的气度。我想，舞蹈是表演的人在台上用尽浑身解数，用身体跟观众的生理对话，跟观众的感官对话。不是每个人都要架构一个知性的、故事性的叙述，想听故事应该去看电视连续剧，它非常清楚。

王耀庆： 那编舞是怎么进行的呢？是不是绝大部分就是很生理的、很直觉的，它就应该是这样的呼吸、这样的走法？

林怀民： 是的，没有错。现场跟舞者互动的时候主要是这样。

王耀庆： 因为有"编"这个程序，就好像一定有一个起承转合，从哪里来到哪里去。

林怀民： 是的是的，一定要讲究。很多人以为我们编舞有剧本，其实我们在编的时候并没有剧本。好像是你听到一个遥远的呼唤，或者感觉到一种芬芳，然后你要进入森林，去找它。编舞的过程就是你走进森林的过程，你听到的鸟叫，你看到树叶落在地上的样子，或者停在水畔的鸟儿的样子，这个过程是很丰富的。说不定最后你根本没有找到那个呼唤或芬芳，可是寻找的过程完整了。开始的方向很清楚，中间编舞的时候完全要针对眼前的舞者，一起来互动，最主要的是对于"芬芳"的坚持。

云门经常在台湾各地做户外演出。有一次在南部乡下演出之后，一位大娘跑到后台说一定要见见林老师，见到我以后就抓住我的手，她说："林老师，我没有办法像学者那样一五一十地分析它，我从头到尾都没看懂，但我从头到尾都觉得很美，非常感动。"我一直觉得这是我一辈子听过最好的舞评。这是舞蹈最重要的特点，它没有办法把讲故事当作重点。

王耀庆： 但是大家还是会有一个脉络，比如说这个角色是谁、那个角色是谁。

2013 年云门在台东池上稻田的户外公演

林怀民：可是你知道，在戏曲里，白蛇像是青衣，青蛇像花旦，白蛇可以像青蛇这样动作吗？或者青蛇一本正经起来可以像青衣吗？不行。所以白蛇的动作就被限制了，青蛇也被限制住了，而他们原本应该有更大的身体动作的发挥空间，我觉得这个发挥对舞蹈比较要紧，而不是要跟戏曲去比较那个角色的设计。

王耀庆：舞蹈是什么呢？是一种感官的刺激？或者是探究生理的极限，身体四肢到底能够伸长到哪里，或是能转多久？

林怀民：舞蹈说到最后就是呼吸，好的舞蹈用呼吸造成的节奏来带动观众。观众在里面得到一种舒畅，一种移情。云门很多的舞，从头到尾观众都会很安静。事实上，他在跟着舞者一起呼吸，不自觉地呼吸，好像一个集体的呼吸，演完以后才大梦初醒。你问舞蹈是什么？舞蹈以前是用来祭祀的，最早是祭祀的仪式，后来人们看

《白蛇传》（1975）舞者
周章佞（立）、邱怡文

着好玩，发展出各种样式。所以，人有多少种心思，舞蹈就有多少
种面貌。

功夫除了是杀人的本事之外，也是时间

王耀庆：现在学舞的人还多吗？

林怀民：非常多。

王耀庆：您刚刚说这是个劳动力密集的行业，人是最珍贵的资
产，他们必须经过很长一段时间才能训练到跟前辈一样。我一直认
为，前辈是很难超越的，要花很多精力和时间，才能训练得跟他们
一样。

林怀民：功夫功夫。功夫除了是杀人的本事之外，功夫也是时
间。时间积累下来，你就会慢慢接近一定的水平。的确，舞者这个
职业是在跟时间比赛，不可能 60 岁还在台上蹦，舞者的职业生涯非
常短，要进步非常快，但是这个过程很过瘾，不然干吗跳舞！

王耀庆：不过我在想，一个人年轻的时候，会自然而然地散发
出一种青春的光彩，似乎做什么都是对的；随着年龄越来越大，经
过时间的沉淀和历练后，演员呈现出来的东西又是不一样的，也是
可贵的。所以一定有 65 岁还可以跳的舞吧。

林怀民：当然可以，不要蹦就好了。（笑）云门有些舞者，已经
四十六七了，还在台上。

王耀庆：他们只是没有办法像年轻时候跳得那么快。

林怀民：对，但是他们非常准确，非常丰富。举个例子，《牡丹
亭·游园惊梦》，16 岁的姑娘去演杜丽娘是不行的，但是我们看到张
继青老师、华文漪老师，都是五六十岁以上的人，她们演得非常好，
因为她们知道什么是青春。当你正值妙龄，你会觉得自己就是青春，
你不必演，可是上了台就不行；年纪大的人知道什么是青春，知道
什么叫作"小儿女态"，知道种种细节，所以她们演得非常好。不过
可怕的是，像芭蕾舞演员，65 岁大概演不来朱丽叶，因为朱丽叶是

《水月》（1998）剧照

《松烟》（2001）剧照

要蹦的，那个表演就又是不一样的事情。

王耀庆：就是在舞蹈的呈现方式上是有一些限制的。

林怀民：是，除非是特别为你量身定做。因此我始终对戏曲的前辈们非常佩服，尤其当我在上海东方艺术中心看到计镇华老师、梁古音老师、蔡振亚老师。一台戏全部由这些资深的老师们出演，等到他们谢幕的时候，有些已经先演完了，卸了妆之后一头白发，可是当他演出的时候，带着戏曲的妆，根本看不出年纪，他们的身体也一点不因年龄打折扣，让人非常感动。

王耀庆：所以您会再回到台上去跳舞吗？

林怀民：大概是不可能。跳舞要天天练功，如果我一个人天天去练功，其他人都不要跳了。

王耀庆：为什么？

林怀民：因为有很多事情要去忙，张罗、开会、编舞。而且当年云门创团的舞者们常说，我们如果今天来考云门，没有一个人考得上。

王耀庆：为什么？

林怀民：我们的条件太差了，腿短、个子矮、脚抬不高。但是今天的舞者站在我们走出的路上，在我们的基础上继续向上蹦一蹦，就走到了今天这个样子。

编舞不是职业，编舞是一种病

王耀庆：那些年轻的舞者，当他们有了阅历，变得丰富之后，他们可以编舞吗？

林怀民：编舞不是一种职业，编舞是一种病。

王耀庆：您得这种"病"多久了？

林怀民：大概十几岁就发作了。我 14 岁就开始写小说，所以后来编舞时，作品都有文学的底子，从《白蛇传》一直到《九歌》《红楼梦》，这个事情是忍不住的。编舞的人是有病的人，大概所有从事艺术的人都是十几岁就已经发作了。

王耀庆：我是读大众传播的，大学的老师说过，所有的导演其实都是有话想说的人。

林怀民：有没有话说我不知道，说得好不好我不清楚，可是就忍不住想说话！大概就是这样的人。演员跟舞者一样，舞者是什么？舞者就是对动作有无限饥渴的人，不断给他动作，他就高兴了，没有事情让他坐在那里，他觉得非常无聊，他要动。这就是我的简单定义：舞者，对动作饥渴；编舞，有病的、想说话的人。编舞的人喜欢解决问题，然后陷入一种"我不会编，我没有灵感，死定了"的状态，可他就是要做，这就是内在的冲动，是一种需要。

王耀庆：创作的冲动跟生理的限制不一样，它是不会消失的。您觉得现在的创作欲望跟 14 岁时比起来，在程度上有任何不一样吗？

林怀民：非常不一样啊。14 岁的时候写得很害怕，怕人家说不好。现在过了这么多年，变成没有灵感也还是要做下去。你没有话想说，但别人就会问你明年的新舞是什么，后年的新舞是什么，全世界都在问这个问题。有一年演出部门的同事就这样问我，刚好排练场前面有一片竹林，我说叫《竹梦》吧。后来开会的时候大家问我，《竹梦》需要准备什么材料，我还在问什么是《竹梦》。（笑）再后来，我还是用这个做了舞作的题目。

王耀庆：然后要开始去找芬芳？

林怀民：不用找，芬芳马上就有了。因为名字叫《竹梦》，所以有很多东西自然而然地浮现出来了。有冲动，但比较冷静，因为它已经变成日常工作，变成日常作息的一部分。也不在乎编得好或不好，因为失败太多次，所以已经不在乎成功失败了。

王耀庆：怎么样算失败呢？

林怀民：你编出来的舞，没有人看，没有人买票，它就失败了。当然，这是玩笑话。

王耀庆：重点是把每天日常的东西都做好。

林怀民：是，最后说回来，只有这件事情是你能够控制的。

王耀庆：日常可以说是基本功吗？

林怀民：一种生活的规范吧。对于电影明星，我有一点很佩服，他们有时候整晚工作，第二天早上好像还是精神奕奕，这真的需要一点本事，这个本事我没有，可是我还是要求自己早一点睡，明天不要说错话，做错决定。

王耀庆：你通常都是几点睡？

林怀民：我希望我十点睡。

王耀庆：但实际呢？

林怀民：十二点半、一点半。因为忍不住想看书，看书就会出问题。

王耀庆：看书会出问题？不是开卷有益吗？

林怀民：没错，但时间不对。白天没工夫看书，所以晚上自己说看一章就好了，但看完了一章还想看下去，偶尔觉得这个事情要查一下，就坐起来开始检索了。

云门 2 下乡公演间隙

王耀庆：云门现在还会下乡表演吗？

林怀民：有，特别是"云门2"。因为我觉得那是我们存活的意义所在，就是跳给大家看，特别是基层没有机会接触艺术的人。这是云门存在最大的意义，为了这些人，你就要编特别好的舞，因为他们没有办法给你打折扣，他们看着不舒服就直接走人了。

王耀庆：什么程度算是特别好的舞？

林怀民：好到目不转睛。户外公演，几万人，如果要让观众一直坐在那里两小时不动，就需要一直让他看得很兴奋，要不然他就走掉了。这很重要，一方面我们提供演出给大众，一方面我们在这里面得到激励，得到历练。

云门2下乡公演剧照

番外 1 云门剧场 Tour

云门的剧场隐在绿色的树木和草地里，很安静，过耳的只有微风和蝉鸣。林老师来得很早，简单的黑 T 恤、白衬衣和运动鞋。因为我是第一次来云门的剧场，所以林老师特别抽出时间带我参观了云门的角角落落。然后我才发现，原来这个地方有故事，不只是因为这里聚集了一群有故事的人，更是因为这里的每一棵树、每一块石头，都是有故事的。

林怀民：今天的天气完全是为你设计的，平时热得不得了。

王耀庆：大暑已经过了，马上就入秋了。

林怀民：是。云门剧场这里可以明显地感觉到整个季节的变化，在城市里，比如台北，是很难感觉到的。

林怀民：当时看场地来到这边，看到这些树就觉得真的很幸福。

那个叫姑婆芋，它很快就会长满这一片，我拿它来遮一些非绿色的东西，让这周围看起来四季长春。我还挑了一些树，到了冬天叶子会掉光，因为我觉得要有季节的变化。这里是别人看不到的后花园，这里种满了姑婆芋。

王耀庆：为什么种这么多的姑婆芋，它是某一种符号吗？

林怀民：没有，姑婆芋是这里的原生品种，这是对原本住这附近的居民一个礼敬。

林怀民：这个就是我们的芳名录。台湾的庙宇都有捐钱人的名字，所以我们沿袭这个传统，把4155笔捐款给云门舞集的，包括企业和个人，统统刻在这里，来感谢他们。同时也提醒所有云门的同仁，这个地方不是天上掉下来的，是因为有这些人的帮助支持，云门才找到一个自己的家。每一笔捐款背后都有一个对云门的期待，我们要面对这个期待。

王耀庆：云门剧场设计的时候你有参与吗？

林怀民：是大家一起讨论的。那个时候很清楚的一点，就是我们要尊重周围的环境，希望能够融进去。所以设计上，第一全部是绿的，第二全部是透的。玻璃是绿的，屋顶是青铜。

王耀庆：我比较好奇的是，在这里常常会看到一些路人。

林怀民：是游客啊。

王耀庆：他们可以随时走进来？

林怀民：随时可以。我们把它变成一个公共的领域，跟大家分享这个环境。从2015年4月底开幕到目前为止有12万人来访。大家一直要求有导览，所以目前就有导览的机制，只要一团一团地来登记、付费，就会有一个完整的导览。大家都非常喜欢这个地方，因为非常安静、舒服，让心定下来。

王耀庆：舞者在哪里练习呢？

林怀民：等会儿就看到了。

王耀庆：你对舞者的饮食、作息有要求吗，还是正常就可以？

林怀民：正常也越来越难，因为有一个东西叫Facebook，他们常常在上面弄到两三点。这一代年轻人根本是在网络上过日子的。拍了照片，要处理，还要上传，不得了。

王耀庆：那他们有什么是像戒律一样，确实不能够做的吗？

林怀民：差不多到了一定年纪，比如30岁左右，就开始规矩起来了。年轻的时候，觉得受点伤没事。但我告诉他们说有事，你一定要去处理，不处理的话就会累积出问题。快到30岁的时候你的身体会告诉你很多，所以生活就会越来越规律。这种事情讲了也没有用，年轻人有荷尔蒙作祟。

林怀民：你去过我们在八里的排练场吗？

王耀庆：没有。

林怀民：以前我们在八里的排练场，用货柜作为空间的区隔，做音响的储存，做办公室，楼板一搭就是二楼，所以那边全部是货柜。后来着火烧掉了，连货柜都垮了。这是烧过留下来的东西。看起来像现代艺术，其实就是……

王耀庆： 烧得扭曲的大梁。

林怀民： 是，扭曲的梁，我们把它整理了一些，一直放在这里。为什么在这个位置呢？因为你从这里一直走过去，面朝的那个方向就是观音山，观音山山脚下就是云门烧掉的排练场。

番外 2　云门舞集入门课程体验

在云门的最后一个行程是体验舞蹈课程。非常高兴能跟邱怡文老师上了一堂入门课程，这是我一直以来想做的事情。以前只会模仿，但是今天体验过才知道，舞蹈大概是怎样的动作感觉。真的非常辛苦，虽然只有一个小时，但真的很痛苦。我绝对不敢再来（开玩笑）。真正好的东西都是千锤百炼才得来，没有什么是容易的。因为只有坚持，才会是一种美。

邱怡文： 刚刚最后那个动作很好。

王耀庆： 我看过《流浪者之歌》，本来想说荣裕老师"僧人"那个动作我应该可以，但事实上真的非常辛苦。

邱怡文： 他最辛苦的地方在于，那个稻米弄下来会有烟尘，而在表演中是不可以咳嗽的。所以最难过的是要一直压抑想咳嗽的意念，而且那个意念会越压抑越巨大。

跟邱怡文老师体验云门舞者身体训练的方法

王耀庆： 好恐怖，要坚持 70 分钟。他有曾经在任何一次演出的时候咳嗽吗？

邱怡文： 没有。

王耀庆： 演出的时候会一直想办法克制。

邱怡文： 是的。不过舞者进到入定的状态之后，他就会忘记自己，但是只要演完下来就一直咳。所以演出前都要净身、吃素，做好一切的准备。

王耀庆： 真的是很辛苦。

邱怡文： 你要不要来试试。

王耀庆： 有没有那种可以站在台上抽雪茄，然后一动不动的那种？（天真脸）

邱怡文： 可以请林老师帮你设计。（笑）

对于演员的要求，

是技术、生活和修养。

CHAP
3

DAVID WANG

×

LI SHILONG

王耀庆 × 李士龙

李士龙

北京人民艺术剧院演员
国家一级演员、中国戏剧家协会会员

从事舞台表演工作四十余年，持续与林兆华和李六乙两位导演合作。塑
造过《蔡文姬》中的左贤王，《推销员之死》中的比夫，《红白喜事》中
的五叔，《狗儿爷涅槃》中的李万江，《万家灯火》中的赵家宝，《赵氏
孤儿》中的赵盾，《白鹿原》中的鹿三，《家》中的高克明，《安提戈涅》
中的先知，《小城之春》中的老黄，《万尼亚舅舅》中的谢列勃里雅科夫，
《樱桃园》中的老仆人费尔斯等舞台角色；同时参演电影《鸦片战争》，
电视剧《神探狄仁杰》。

没有小角色，只有小演员

    首先，我是演员，但今天采访的李士龙老师、濮存昕老师，这两位是艺术家，这是有差别的。其次是，我有一点点侥幸心理，因为做了《职人访谈录》，满足了我自己的一点点私欲，可以跟这么优秀的艺术家探讨我在工作上的一点心得。

    演员这个行当，其他行业的人只能通过作品去感受或了解，但我一直认为，演员的表演其实是不足为外人道的，它跟大家的生活没有太大关系，每个人都有自己关注的事情。表演是演员的本职，背后需要太多的准备工作。士龙老师说："你会下棋吗？""你会画画吗？"琴棋书画都要培养。除了技术上的追求之外，你的为人、修养也决定你作品的高度。和士龙老师对谈的过程中，许多他轻描淡写说出来的话，其实在我心里是影响很大的。他方方面面都在提醒你平时应该做的事情，而这些也是一个演员平时该做的事情。如果从旁观者的角度来看，我们就是两个人在聊天而已，但是因为我做的是演员这一行，所以他的每一句话对我来说都是非常有用的。

    在所有的对话里，有太多难忘的细节，士龙老师曾经六年在剧院里无戏可演；他其实也有在创作上不知所措的时候；在能够拿得出手、说得出口的，大家能够记得的舞台作品之外，他还演过很多已经被观众遗忘的作品。那是不是因为观众已经忘记了，我们就可以忘记那些足迹呢？不是的，这就是表演者一步步成长的历程，以至于士龙老师走到今天，演了四十多年的戏，依然可以享受在台上表演的过程。所以，这也是我做这个节目的初心，希望分享每一位职人的心路历程，让大家体会到，做自己真正喜爱的事情，不仅会把这件事情做好，也会意外地得到生命中很多的恩赐。

时间：2016 年 12 月 8 日

地点：北京 首都剧场

演了四十年，还在学，还想演

李士龙：我是 1946 年生的，1972 年底进的人艺。

王耀庆：1973 年演的《云泉战歌》，当时您 27 岁。

李士龙：对，这是我到了北京人艺的第一个戏。

王耀庆：演了多久？

李士龙：演了好几年，这是个大戏，别的都是小戏。《送菜》《百花岭》都是当时我们去农村体验生活，很多演员自己写的小剧本。

王耀庆：那会儿去农村体验生活，也是在北京附近吗？

李士龙：对，一般就是在北京郊区。但像"大导"（北京人艺著名戏剧导演林兆华）排的《红白喜事》就去了河北省，《白鹿原》就去了陕西的白鹿原。当时导演要求有一些地方方言，方言这玩意儿光学不行，必须跟当地人生活在一起，我们去了大概半个月。

王耀庆：能那么快就掌握方言吗？

李士龙：河北话稍微好一些，《白鹿原》就不行了，后来请了好多陕西人，排练的时候给我们纠正发音。不过我们觉得说得不错，观众听着就是另一回事了。

王耀庆：陕西人听就更不是那么回事了。（笑）

李士龙：陕西人听了觉得不是陕西话。

王耀庆：语言这方面确实特别难掌握。

李士龙：对，但有时候就是需要那么个味道。我觉得用方言来演话剧比较好玩，而且更容易接近角色。我刚开始排《白鹿原》的时候，找不着人物的感觉，后来"下雨了，白鹿原下雨了"，这一嗓子出来，感觉就来了，就是那种憨厚的农民在黄土高原上的感觉。

王耀庆：1973 年之后对您来说比较重要的戏是？

李士龙：是曹禺先生的《王昭君》，算是后来比较大的一个戏。

王耀庆：我听说当年有个戏，观众买票的时候把剧院的围墙都给挤倒了？

李士龙：是《蔡文姬》。当时是"文化大革命"以后，很久没有看到这样的戏了，而且《蔡文姬》在之前就反响不错。当时没有影视，观众的文艺生活比较少，所以一听说《蔡文姬》可以演出了，头天夜里就背着铺盖卷儿来了，早晨一开票，就把售票处那边的墙给挤倒了。

李士龙：这是《向井冈》，里面我演了一个反派。

王耀庆：当时演反面人物有压力吗？

李士龙：嗨，就是怎么坏怎么演吧。那时候就是要把正面人物塑造得非常高大，反面人物就尽量往坏里演。

王耀庆：很多观众会陷在戏的情绪里，您出去会被观众骂吗？

李士龙：没有，那时候还好吧。我有几张演反派的照片。

王耀庆：一看就是坏蛋。

李士龙：嗯，一看就是。现在不会那么演了，那个时候相对来说还是比较"脸谱化"的表演方式。

李士龙：1983 年碰上了阿瑟·米勒的《推销员之死》。

王耀庆：算是十年磨一剑，刚好在您入院十年的时候接了这样一部戏。

李士龙：十年里跟北京人艺的老演员不断磨炼学习，应该说稍微成熟了一点吧。这是剧院第一个美国戏，是曹禺先生和英若诚先生引进到北京人艺来的，又是阿瑟·米勒亲自来北京排练，剧院很重视，所以也是找了人艺当时比较好的演员，有朱琳老师、英若诚老师、朱旭老师，中年的就是我和米铁增老师，这样搭配的。这个戏排了大概不到两个月，演得也不是很多，四五十场左右。阿瑟·米勒后来写了一本书叫作《阿瑟·米勒手记："推销员"在北京》，从里面看得出，在我们排练过程中，他对最终的呈现效果还是很认可的。首场演出的时候，很多阿瑟·米勒的支持者从美国坐飞机到首都剧场看戏。

王耀庆：《推销员之死》对您来说是影响很大的一部戏吧？

李士龙：应该说是。因为人艺原来都排一些老北京的戏，阿瑟·米勒来了以后，他有他的排法，和咱们不太一样。比如有一段戏，他会让演员打着拍子，然后他看着表，演员必须在规定时间内完成这段戏。实际上，他是在节奏变化里反映了人物的很多情绪。

另外因为没出过国，我们也不了解该怎么演美国人。后来阿瑟·米勒也说，还是演中国人吧，这个戏是写给全世界的，全世界的母亲、父亲和儿子是一样的，之后排得还算比较顺利。因为我们在阿瑟·米勒来之前已经做了差不多一个月的准备工作，词早就背了，只是戏的内容还有很多地方不懂。那时候连什么是保险都不知道，推销员这个职业国内也没有。

《推销员之死》李士龙定妆照

王耀庆：我看了《推销员之死》的 DVD 版，您演了这么多的戏，《推销员之死》里面"比夫"（剧中老推销员威利的儿子）这个角色会不会是所有戏里面台词量最大的一个？

李士龙：那个台词量确实不小。

王耀庆：而且语速好像也特别快。因为跟父亲一直来来去去地吵架，还有跟弟弟、跟妈妈，如果不快，可能戏就会变得特别长。在台词之外还要呈现一个焦躁的情绪，或者是一种儿子对父亲的看法。所以我看这个戏的时候就在想，您之所以把台词说得这么快，背后的原因或许是因为这句台词本身不重要，重要的是导演想要传递出来的感觉。

李士龙：这里有你说的这方面原因，还有一个原因，当时美国人跟中国人的生活节奏是不一样的，在那个年代，中国人都是慢慢悠悠的。

王耀庆：在那个时代要怎么去理解这个剧本？

李士龙： 这个就是靠阿瑟·米勒，他来了之后做了很多介绍，因为咱们都不了解他写的商品是什么、商场怎么建立等等，他给我们讲了很多。另外就是靠英若诚老师，他对国外的东西比我们了解得多，外语也很好。

王耀庆： 我觉得这个戏对您的影响可能不只是在当下，是不是往后很长一段时间一直在心里萦绕？

李士龙： 是这样的。后来又排过一版《推销员之死》，在那之前我个人也曾经想重排这个戏，这说明这个戏在我心里的分量。它确实在我演戏过程中起到很大的作用，比如过去演戏比较简单，比较脸谱化。从这个戏之后会开始思考，有些话可能是藏在心底的，怎样透过台词和表演把内心的情绪想法表达出来。现在的年轻演员大概也要经历这个过程。刚开始表演的时候特别注意动作，这是最简单、最基础的，但演戏远不只动作，可能我表面跟你说的是"这个"，心里想的却是"那个"，这样的反差怎么呈现出来？

李士龙： 最近这 10 年也排了一些戏，《狗儿爷涅槃》算比较早一点的，后来还有《赵氏孤儿》《白鹿原》《大将军寇流兰》，这都是后来林兆华导演排的戏。我觉着应该是剧院里的一种新思维吧，区别于传统的北京人艺的一些观念，当然有人接受，有人不接受。我还是非常接受的，我这个人不保守。后来跟李六乙导演也排了一些戏，《家》《俄狄浦斯》《小城之春》《樱桃园》和《万尼亚舅舅》，很多都是大师的戏，但每个人在诠释这些剧本的时候，思路是不一样的。

如果一个剧院总是抱着死的东西，好像这个东西已经发展到极致了，只要一排北京老百姓的戏，那就是《茶馆》《骆驼祥子》《龙须沟》，只要一排古装戏就是《蔡文姬》，一演老头儿就是于是之，多可怕啊！甚至现在很多年轻人都觉得，只要保住传统的这些就行了，这其实是很可怕。复排就是换了一批年轻人，这就是描红模子的排法，我觉得是不可以的。学习传统是应该的，但必须要发展。

王耀庆：您是 60 岁退休的吗？

李士龙：正式办手续是 61 岁。

王耀庆：那从退休到现在也已经 10 年了，还是想演？

李士龙：想演，只是现在有时候体力不行了。我现在跟李六乙导演排了好几个戏，学习了很多东西。我觉得人只要前面有能学的东西，就有种兴趣和欲望。但是我毕竟 70 岁了，身体跟不上了。

角色，要先从心里长出来

王耀庆：这些演员您都合作过？

李士龙：田冲老师、舒绣文老师、叶子老师都是很早的了，我来的时候他们已经退休了。和赵韫如老师在《王昭君》合作过，也是一位老演员。于是之老师、朱琳老师都合作过。跟童超老师、董行佶老师，我们都演过 AB 组，《推销员之死》她演妈妈，我演儿子。于是之老师应该说在剧院里是非常有代表性的，当时剧院里，像于是之、林连昆、英若诚、朱旭等等这些老师，在表演方面都是比较一致的。

王耀庆：表演一致是指？

李士龙：就是所谓的创作上能够更向内一点，或者说更斯坦尼斯拉夫斯基一点，从内在到外在。于是之老师对我影响非常大，对于演员的要求是技术、生活和修养，这就是他总结出来的。他还有非常了不起的一点，就是在创造一个角色之前，他在内心已经完成这个角色了，换句话说，角色在演员心里已经长出来了。其实在我们创作的过程中，在阅读剧本、分析角色的过程中，这个人物慢慢就能浮出水面来，再借助一个道具、一件服装把它具体化，表演出来就会更好。

这是他的"心像说"，当然剧院里各派表演方法还有很多。是之老师的表演，比如他在《太平湖》里演老舍先生，排练的时候有一幕戏，是从天幕根儿走到观众席，他拿一个拐棍儿，一步一步走向太平湖，他那个状态、那个眼神一点也没有演。我们大概有二三十个演员在下边看着，当他走到观众席前面的时候，所有人眼泪都下来了。

王耀庆：用现在的话来说，应该是一种气场吧。

李士龙：是的，这是一种气场，力量之大，直入人心。

王耀庆：您接受他的"心像说"吗？

李士龙：我认同，因为我在创作过程中也会感受到。比如我看完剧本、研究完人物以后，总是要想办法找到那个人物。找到人物以后，我才能具象化那个人物的语气、行动、眼神、精神状态，等等。比如《白鹿原》，那个老农民上来以后，从蹲在地下拿着大碗唱歌开始，他就已经进入到角色里边去了。包括化妆，当时我化妆就是一支笔，跟北影的化妆老师学的，脸上的褶子都是捏起皮来拿笔擦，打开以后里边是白的。

王耀庆：晒出来的感觉。

《万尼亚舅舅》剧照（导演：李六乙）

《白鹿原》剧照（导演：林兆华）

《安提戈涅》剧照（导演：李六乙）

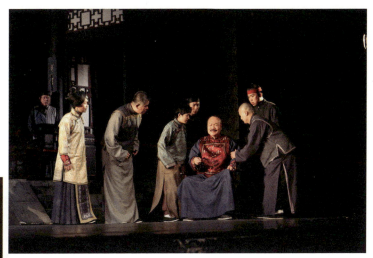

《家》剧照（导演：李六乙）

《樱桃园》剧照（导演：李六乙）

李士龙：是。当你在镜子里看到这个形象的时候，你说话的状态、精神就不一样了。

王耀庆：这是一个跟角色趋近的过程。

李士龙：对。我跟董行佶老师排《王昭君》，董老师演匈奴的左大将温敦，排二幕的时候从凳子上摔下去了，肋骨摔坏了。我演一个老太监，我那时候还算比较用功，把整个剧本的词儿全背下来了。然后我就跟当时的副导演林兆华说，你跟梅阡导演说说，让我试试这个角色吧，我词儿都有。梅阡说那试试吧，我就这样上去了，前三幕戏是我排的，到四幕的时候跟大公主表现爱情，傻了，表现不出来。后来董行佶老师伤好点了，回剧组排的第一场戏就是这一幕。厉害啊！大公主躺在美人榻上，裙子拖在边儿上。董老师从下边儿一抄裙子，从脚底下亲上去了，那个帅啊！

王耀庆：后来这个戏呢？

李士龙：后来就是我们两个轮流演了，重要场次他演，一般场次我演。演到大概十来场的时候，我们剧院有一个人突然跟我说，"士龙啊，人家董行佶演了一个温敦，你演了一个董行佶。"我后来琢磨了这句话好长时间。过去都有 AB 组，这么有资历、这么厉害的一个演员，你能不跟人家学吗？你要学，可是你学过来以后没吸收到自己的表演里，就好像我们现在临摹王羲之一样，临一个表皮，没有内容，你的笔法、墨法全都没有。

王耀庆：演了这么多，您会对自己的演出有一个评价吗？

李士龙：有的戏就觉得自己的创作不是太成功。比如像《蝴蝶梦》，让我演了一个黄老道，当时我就真是不知道怎么演。

王耀庆：离自己太远。

李士龙：对，那时候不知道应该把这样一个人物演成什么样。

王耀庆：那有没有哪一段戏里的独白是您印象特别特别深刻的？

李士龙：最近排的一些戏，都比较深刻。我这人啊，忘性比较大，很多都记不太清楚了。我给你念一段《推销员之死》吧，有些我还能够稍微记得一点。这段实际上就是比夫认识到自己想跟父亲交流，但是人与人之间，包括父子之间，真正的交流其实是很难的一件事情。

> 威利，今天我拿着钢笔从十一层大楼跑下来的时候，我忽然停住了，你明白吗？在大楼中间，你明白吗？我站在大楼的中间往外一看，我看见了天，看见了我在世界上真正想要的东西。干活，吃饭，有时间休息，抽一颗烟。我又低头看了看我手里的钢笔，我问我自己，我拿这个干什么？我为什么要干我不愿意干的事情？我跑到人家办公室来干什么？低声下气地求人家，让人家赏碗饭吃？其实，我想干的活就在外边，只要我敢说，我看清了我自己是什么人。可为什么这句话就这么难于出口呢？

王耀庆：您介意我问一个比较私人的问题吗？因为您的父亲在您很小的时候就不在了，那您在诠释跟父亲吵架的时候，这个父亲的形象是从哪里获取的呢？我能不能假设，您到人艺跟这些前辈学艺的过程中，他们对您来说也是兄长、父亲？

李士龙：对，是这样。到人艺来以后，老师们都对我特别好。比如像朱旭、英若诚，我们经常在一起，吃、喝、玩、下棋都是在一起，遇到了一些事情他们也会出出主意，表演上的问题也可以直接跟他们探讨。有时候老同志不会针对一个问题直接跟你谈，他们往往会绕到另外一个事情，然后让你自己去感受。我觉得这种方法非常好，也像一个父亲对孩子的态度，他不是简单地教你一个东西。我虽然没有父亲，但是母亲从很年轻的时候一直抚养我们三个孩子，二十九岁守寡到八十多岁去世。所以我跟朱琳老师感情就很容易调动，我吻她的头发，马上就有一种母亲和儿子的感觉。

王耀庆：这个戏真的是影响了您很长一段时间。

李士龙：这就是大作家的戏，可以抛开具体的时期，什么时候拿出来演都好。

王耀庆： 超越时空。

李士龙： 对，就是写人性，写爱，写父子、母子、人与人之间的关系。

李士龙： 现在有一些电视剧的导演张嘴就骂人，其实我们剧院也有好多导演脾气不好，但一个演员在创作上是很脆弱的。创作时候最好能够尽量引导他、鼓励他，让他能产生自信。如果总是打击，就很难出好演员。

王耀庆： 这个很有意思，我大学毕业去当兵，两年之后开始就业，就业的时候不知道自己想干什么，刚好大学时候实习拍了两三部电视剧，同组的一位女演员又打电话问我要不要来拍戏，我想那就给自己一个机会。我退伍之后拍的第一部戏，导演就骂人骂得极狠。但是我理解他其实不是针对个人，并不是要伤害你，而是求好心切，他觉得你可以，只是你还没有做到，他就很着急。

李士龙： 其实他是针对你提出一种要求，这是好的。如果导演都不提要求，演员爱怎么演怎么演，就更麻烦了。

王耀庆： 导演如果今天跟你说，您想怎么演都行，你可能会觉得自由……

李士龙： 这样是可以，比如林兆华导演就基本是这样，李六乙导演也有一点。但林兆华是，他有时候跟你解释一两句，你就应该理解了，如果你还不理解，他就不管你了。李六乙是另一种，比如我们排《安提戈涅》的时候，一个出场我变了五六次，他也不评价，但他只要不肯定，那你就是还没达到。

王耀庆： 你就去试吧。

李士龙： 就是慢慢试，这样你就摸着他的脉了，知道应该往哪个方面想。反过来说，如果演员做导演排戏，会容易把角色都规定死了，他自己把所有角色都演一遍，然后要求演员按照他的演，这很可怕。实际上，真正做导演是把演员的积极性调动起来，从演员身上找到一些亮点，然后再发挥。比如我们排《赵氏孤儿》的时候，四十多段戏，四十多个场景，也不知道在舞台上怎么样体现。有一场戏是我给妈妈过寿，但是古装戏穿着那个服装感觉就不对。最后林兆华说你们都冲观众说词，心里边有那种感觉就行了，一试果然就找到了。

现在戏剧老说形式、内容，其实任何一个艺术作品，包括像绘画、音乐，都是有形式的。没有形式就不能够准确地传达出思想、内容。齐白石有齐白石的，工笔有工笔的，都是这样。音乐也一样，他偏向古典一点，他偏向现代一点。形式正好符合内容，它就出彩了。

王耀庆： 无非就是找到正确的形式去说这个故事。

李士龙： 对。比如所谓的现实主义，舞台上都是这么演，长期以来大伙都疲沓了，像电视剧似的。现在李六乙就强调说，舞台剧不是电视剧，你看《樱桃园》很多场景，两个人可能离着很远，但他们的心是在交流的。我觉得中国观众能看懂，因为中国观众有个戏曲的底子，戏曲有很多这样的东西，比如鬼魂出现什么的，观众有这个欣赏的基础。

70岁仍然能够琢磨，能够创造，那是一种幸福

王耀庆： 我觉得自己很幸运，因为我的工作是我的兴趣，我很享受表演。我身边有很多朋友也是这样，他们的工作就是他们的热爱，于是很愿意把事情做到最好，也很花心思去钻研。我总觉得这种人越多，这个社会就可以越丰富，对周围人帮助也越大。所以我很愿意采访这类人，比如今天我找到了您。但是有一个问题我也想问您，曾经想过放弃或者改行的时候吗？

李士龙： 没有。刚开始的时候确实存在着很多困难，但就觉得自个儿应该学，因为我喜欢。原来小的时候受到家里影响，我曾经考过京剧院、评剧院，做演员是我的一个愿望。后来考到军艺，结果又没有上课，就觉得自己这个愿望实现不了了。再后来进了工厂，

就觉得不行，总是缺点什么。最后终于考到北京人艺，考上了以后真是拼着命地看书，找人聊天，去学点这个、学点那个，包括琴棋书画。老演员说，作为演员，这些都是提高修养的东西。后来逐渐演了一些戏，就越来越有兴趣了。当你能创造一个稍微有点光彩的角色，得到大家的肯定，那你就自信多了。我觉得我真正能够比较自如地表演应该是在 50 岁左右。

王耀庆：现在是真的开始享受在舞台上面的感觉了。

李士龙：当然，尤其能够排一个好戏，得到大家认可。或者这个戏是一个传统剧目，比如《樱桃园》《万尼亚舅舅》，但你能够从里面挖掘出好多的门道。在 70 岁的时候仍然能够琢磨很多东西，能够从中创造，那是一种幸福。

表演是什么？

王耀庆：同样身为演员，我最想问的问题是，您觉得表演是什么？

李士龙：表演应该是不断充实自己，不断去努力。也许有人觉着应该把舞台、演戏当作我的生命，我倒不完全这样看，人的生活是很丰富的。戏剧在不断地发展、进步，有更多的好戏能够触动每个人的灵魂，对于每个人都是有教育意义的，能够使人们更清醒，使人们的思想得到更大的提升。我觉得这个就是戏剧的作用。

王耀庆：您觉得还有哪一部戏是您特别想演的？

李士龙：像《安提戈涅》这个戏我觉得也是不错的，那里边我演了一个老先知。

王耀庆：如果是新戏呢，重新让您去创造一个角色？

李士龙：那就得看机会了。我不希望演原来的戏，觉得太重复的东西没意思。必须有新东西来充实它，吃过的馍没什么味道。我现在演《茶馆》，也不会觉得多么了不起。

王耀庆：但是很多人还是要争"掌柜"（《茶馆》中裕泰茶馆掌

柜王利发）的角色，因为对他们来说，这是一个里程碑，或者是某一种加冕。

李士龙：有两种情况。比如说我想演这个戏，觉得在这个戏里能得到一些锻炼，这是好的，是一种学习。但如果就是为了演一个《茶馆》，我觉得所谓加冕也没有多大意思了。当然现在社会浮躁，追求名利太多了，也没办法。

王耀庆：以前会少吗？

李士龙：以前也在争论，但是相对少。比如我们剧院很多老演员，一辈子就演小角色。黄宗洛，就是《茶馆》里面的孙二爷，一辈子演了一百多个角色，后来他说自己叫"百首图"。对于每一个角色，他都那么用心地去思考，能想到好多道具在身上挂着。我们剧院好多人就是小角色，比群众演员多几句词，但是就这么两句词，他也真的下功夫去弄，非常之了不起。所以刚才说，只有小演员没有小角色，比如《茶馆》里董行佶演的马五爷，没几句话，可人家就是演出来了，创造出一个人物来，多了不起啊！

王耀庆：材料少才考验功夫。

番外　舞台偶遇濮存昕老师

王耀庆：今天我们来采访士龙老师，正巧碰到您，想问一下大家是怎么看士龙老师的。

濮存昕：士龙老师是我们的老前辈。我还没到人艺的时候就看士龙老师的戏了，那时候我还在空政当学员呢。第一次看到士龙老师是在八十年代初的《公正舆论》，后来的戏，我印象最深的是《狗儿爷涅槃》。士龙老师演了好多B组，老前辈的B组由他来演，就像我们现在要给老一拨艺术家当弟子一样。我就没这个机会，我到剧院来的时候好多导演已经退休了。

李士龙：你来了以后就是角儿，演了好多大主角，现在都是人艺舞台的台柱子了。

濮存昕：您也是台柱子，好多台柱子才能撑起台来。

王耀庆：感觉站在这个舞台上特别温暖，没有主角配角之分，每个人都必须贡献出自己的才华跟能力，才能把这一台戏撑起来。

濮存昕：对啊，创作嘛，每个人都有自己的位置。

李士龙：有一句话不是说，"只有小演员没有小角色"，一个戏必须是所有的人都搭配起来，才能完整。

濮存昕：不能你演你的，我演我的，而是应该往一块儿演。这也是人艺特别坚持的。我们剧院明星制的状态比较少，海报上永远都是剧名为主，这是一个团队状态，而且突出这个剧院是一个文学剧院，不是明星剧院招揽观众的感觉。

李士龙：人艺就是有这个好处。像我，来这儿四十多年了，小濮也来了三十多年了，好多人都是从小一直在这儿混过来的，都在一块儿排戏，彼此非常熟悉，谁的表演状态是什么样，互相搭起戏来确实有好处。

王耀庆：在这个舞台上，您觉得最重要的传承是什么？

李士龙：我觉得是对于戏剧的一种态度，创作上的一种态度，这个很重要。

濮存昕：这个态度可能更多是不要太"自我"。我们剧院里当然有大演员，那真的是棒，大演员也透着"不太会"似的，不露。

王耀庆：这是一种态度？

濮存昕：是一种修养，一种生命本身的特质。《茶馆》里大概有五分之一的演员不是职业演员，就去演一个收电灯费的、一个耳挖勺、一个政客，都不是职业演员，但味道棒极了。人艺这个剧院有这样一种气质——别太会演了。后来到了林兆华、李六乙也是这样，太会的演员他们就觉得有问题，他希望演员不要炫技。

王耀庆：把劲儿使得太足了。

濮存昕：表演感觉太强。别的剧团可能反而想要演员的腔调足一点。

王耀庆：这是人艺的哲学吗？

濮存昕：这是一种审美取向吧，太炫耀的表演状态不太好。我们还是追求舞台上的真实感、生活感，它就是一种艺术的真实感和生活感。

李士龙：不过现在时代变了。比如说影视就确实带给戏剧好大的冲击，过去我们演《蔡文姬》《王昭君》，都是浓眉毛、大眼圈什么的，后来再也没有这样化妆了。有些戏甚至不怎么化妆，更贴近生活了。

濮存昕：这可能是影视对于戏剧比较好的影响，不好的方面也有，就是不重视台词基本功了。说话太生活化，台词出了嘴就会掉到地上，就像咱们现在面对面说话一样。但是跟观众这么说话不行，你的唇、齿、舌必须得有力量。

王耀庆：它是有一个方法的吗？

濮存昕：必须要夸张。在舞台上，我觉得表演怎么自如都没关系，但台词必须夸张，否则十排以后的观众听不见，表演信息出不了乐池。

王耀庆：台词上的夸张是音量的问题吗？

濮存昕：不只是音量，而是气出去。二楼观众离我们得有50米远，我怎么才能让最后一排人听见。即使是说悄悄话，气息也必须使劲地冲。所以，如果你的手在前面挡着自己的嘴，在说舞台台词的时候，你会感觉到温度，呼吸要冲击你的手指，那才叫舞台发声。

台词必须是舞台的基本功，我们特别向年轻演员强调这个事情。我以前也不对，我父亲批评我演电视剧太多了，慢慢地我回过头来，越来越知道演戏的最高境界是和观众交流。一开始是想自己怎么演，后来排起戏来我得知道对手演员在想什么。

王耀庆：交流。

濮存昕：不只是自己想怎么演，上了台光自己过戏瘾，观众全都没听着，你的舞台意图不清楚。所以我觉得，"台"是一个空间的问题，影视的空间和舞台的空间是不一样的。

王耀庆：是的。

王耀庆：老师们都在这个台上生活这么久了，跟自个儿家一样。而且首都剧场是很多北京观众心里向往的戏剧圣殿。

濮存昕：平常这剧场安安静静的，观众进来都不大声说话，确实有宫殿的感觉。这是 1956 年盖的，当时国家很困难，但坚持盖了这么好的剧场。

王耀庆：这个剧场尺寸很合适，收拢人气。

李士龙：对，适合演话剧。

濮存昕：现在新建的各种级别的大剧院，全都有三楼，一千五以上的座位，演起戏来我们觉得……

王耀庆：很费劲吧？

濮存昕：很费力气，我觉得对不起三楼的观众，都看我们脑瓜顶。现在都是多多益善，越大越好，世界第一，这些文化心态其实在影响着真正的专业系统。

王耀庆：是的，舞台需要好的内容去填充才行啊。

濮存昕：最好的专业戏剧剧场应该在八百人以内。演员跟观众在一起很舒服。香港的葵青剧场是好剧场，别看它也是在一个新区里面。

王耀庆：在一个相对离城市中心比较远的地方，但很舒服。

王耀庆：二位合作过印象比较深的作品是哪些呢？

李士龙：我们合作太多了，《赵氏孤儿》《大将军寇流兰》《哈姆雷特》《白鹿原》等等。

濮存昕：士龙老师的《白鹿原》，你要好好地问问。

王耀庆：我看的是老版的碟。

濮存昕：他真是在陕北老农民堆里分不出来，特别棒。

王耀庆：艺术家就是这样，只要还能做得动就想一直演下去。

李士龙：争取吧，争取能多演两年。

濮存昕：艺术家应该没有退休制，可以休息时间长一点，担任项目少一点，但只要是能演出，一年演一两出戏都可以。像士龙老师已经退休了，但是剧院返聘，他也有愿望、喜欢演。士龙老师是我的楷模。

有了足够多的东西，
才能完整呈现一个饱满的自己。
如果只有一个法宝或武器，
那你能够选择的就很少。

CHAP
4

DAVID WANG
×
CHEN CHIEN CHI

王耀庆×陈建骐

陈建骐 ————————————————————

音乐创作人

常为剧场、电视剧、电影、广告制作配乐，参与周华健、陈珊妮、陈绮贞、杨乃文、魏如萱等众多华语歌手的专辑制作、编曲及演唱会。

曾获台湾最高的"三金"，即金马奖、金钟奖和金曲奖。2004 年，以电影《艳光四射歌舞团》中的《流水艳光》获第 41 届金马奖最佳原创电影歌曲奖；2008 年，以《跳格子》获第 43 届金钟奖音效奖；2013 年，以五月天《第二人生》专辑中的《诺亚方舟》获第 23 届金曲奖最佳编曲人奖；2016 年，以彭佳慧《大龄女子》专辑中的同名单曲获第 27 届金曲奖演唱类最佳单曲制作人奖。2011 年，与陈珊妮共组音乐团体"19"；2013 年，与陈绮贞、钟成虎共组音乐团体"The Verse"。

写歌的人

音乐，或者说日常生活中听到的各种声音，都会触发我的想象，让我在一瞬间进入到某段回忆、某个电影画面，或者某种情绪。所以，生命中绝对不能没有音乐。

大概是在我 10 岁那时，可以买到一种袖珍播放机，听很多流行音乐电台，应该是索尼公司生产的 Walkman 随身听。当时还没有 CD，只有录音带，但是我会戴着耳机，大概半夜两三点，偷偷摸摸地从床上爬起来，拿着随身听，在街上一个人溜达，也许听着某张专辑，也许听着电台。以现在的用语来解释，就是特别文艺范儿。

那时候会反反复复一直听的，启蒙我的一张专辑，是"大哥"李宗盛的《生命中的精灵》（1986 年华语专辑，滚石唱片发行）。半夜一个人走在路上，渴望体会某一种苍凉跟哀愁，听到第一首《开场白》就被击中了，原来歌也可以用"讲话"的方式唱出来。那些男孩或是男人的心境，都在歌词里刻画得无比精准。就像《阿甘正传》我总是一看再看，这张专辑也总是一听再听，因为它坦白又诚恳，在任何一个人生阶段都有不一样的体会。

1989—1999 年，不变的发型

高中的时候开始喜欢跳舞，基本上每个周末都会偷偷摸摸去迪斯科舞厅。当时听很多舞曲，再到 Pub 里的蓝调、爵士，后来有一段时间也非常喜欢听摇滚。十几岁曾经想过当歌手，虽然之后做了演员，但是跟音乐的缘分不断，只要碰到跟音乐相关的工作都会不假思索地立刻接下。所以借着《职人访谈录》的拍摄，我一定要满足自己的好奇心，或是没有走上音乐之路的情意结，跟一个音乐人聊聊那些从无到有的创作过程。这个人就是陈建骐。

我跟建骐是在 2006 年第一次跟林奕华导演合作《水浒传》时认识的，他负责整出戏的音乐。建骐的音乐不是那种煽情的，它总是幽幽地进来，带着某一种情绪。他会在适当的时候用配乐给演员一个支撑，一个很好的武器，帮助他完成那一场的戏剧任务。建骐是华语剧场炙手可热的作曲人，他在台湾剧场音乐的市场占有率高达90%以上，但这并不是他工作的全部。他写电影音乐、广告音乐，做唱片制作人，发掘有潜力的新人歌手，还要担任歌手演唱会的编曲和现场键盘手，创作力和体力都是惊人的。

回看那天跟建骐的访问录像，我发现自己事无巨细地从头问起，从他小时候学琴开始，谈到我们共同的青春期，谈到如何走上各自的职业之路，谈到他如何一点一滴地积累那些人生的经验。

这一集干货满满，献给所有对音乐有梦想、有追求、有热情的人。

1989 年，四个泳池少年

乱弹琴不该挨打，那可能是创作的萌芽

　　王耀庆：你是从小学钢琴吗？

　　陈建骐：从幼儿园大班的时候开始学。我小时候其实非常好动，在家里不会正常坐着，如果在椅子上，就一定是倒立的。

　　王耀庆：那你怎么坐得住学钢琴？

　　陈建骐：就是被逼迫啊！

　　王耀庆：所以你也有一段很痛苦的练琴经历？

　　陈建骐：有！起初我觉得挺有趣，因为是新东西，到了中后段就觉得很烦。大概小学五六年级，当时已经学了六七年琴，开始觉得无聊了，我就自己找乐趣。你记不记得我们小时候卡通片是从傍晚六点半到七点，就是吃饭的时间，我妈规定要在她煮饭的时候弹琴，大概六点到六点半，她炒菜的时候要听到我的琴声，练半个小时。

　　王耀庆：然后你才可以看卡通？

　　陈建骐：看卡通，吃饭。如果那段时间她没听到我练琴，我就只能吃饭。

　　王耀庆：好像在驴子前面挂了一根胡萝卜。

　　陈建骐：但是她忘了一件事情，我家里其实没有学音乐的背景，我弹什么大家并不知道。

　　王耀庆：所以你很长一段时间都乱弹？

　　陈建骐：我就弹一些听过的音乐，想把它们弹出来。可能前 10 分钟我弹老师教的，应付了事，后面 20 分钟可能就是乱弹。我可能听到了《明天会更好》，就把它抓起来配和弦，改编一下，这样我就找到了一点点自己的乐趣。

　　王耀庆：乱弹，其实也是有创作的基因在心里作怪。

陈建骐： 算是吧。

王耀庆： 我在旧金山看过一个小剧场话剧，很好看。舞台上简单地架了两台钢琴，两位演员像我们小时候学钢琴一样，从古典音乐弹起，然后很疯狂地弹一段流行音乐，结果幕后有个妈妈的声音说"你又在干吗？"然后他们又弹回古典音乐，好像学音乐的人都会这样。

陈建骐： 小时候不觉得弹那些古典曲目是一种创作，因为还达不到理解曲目的程度，只是被逼着，就跟着五线谱弹，到最后也会想："我为什么一定要跟着谱子？"那个时候的乱弹其实是创作的开始。

王耀庆： 你大学以前都是住在高雄家里？

陈建骐： 没错，大学填志愿的时候就想，我一定要离开高雄。

王耀庆： 为什么都是这样？我大学也不想在台北读，都想要赶快离开家。

陈建骐： 有一种要长大的感觉，一方面是有这种独立生活的渴望，一方面是我觉得好像在高雄接触的东西比较少。

王耀庆： 你高中参加学校的社团吗？

陈建骐： 参加很多。

王耀庆： 都是什么社团？

陈建骐： 我高一参加了童军社，高二参加了话剧社，话剧社团对我的影响非常大。

王耀庆： 从你的职业生涯来看，影响应该是很大的。

陈建骐： 还有一个特别的社团，是广播社。当时我们学校在高雄广播电台有节目，学生周末要去主持这档节目，我要帮这个节目做片头音乐，这对我来讲是非常重要的事情，因为大家都能听得到，所以我就煞有介事地写了一首歌，30秒。

王耀庆： 这是你第一次编曲吗？

陈建骐： 算是我第一个正式的出道作品（笑），但这个好像之前的访问都没有说过耶。

王耀庆： 在那之前你没有尝试过类似的事情吗？

陈建骐： 高中剧团有，可那只是配乐，没有歌词。

王耀庆： 高中时的剧团，大家不都是找现成的音乐放一下吗？

陈建骐： 这个我尝试过。我在话剧社是导演，也是音乐设计。一开始我当然不会想要自己做，也是找音乐来放，可是怎么找都觉得很奇怪。比如说，有一段很悲伤的情节，我就找了一段古典的、悲怆的音乐，然后把音乐一放，跟着戏一起看，马上就觉得这个戏不用演了。因为音乐一放，大家就开始觉得悲伤，就准备要哭了，那还要演员干吗？高中的时候，我还不知道配乐和表演之间的原理是什么，只是觉得味道很奇怪。因为我一直找不到既有帮助又不会抢戏的配乐，所以我就想，既然我会弹琴，那就自己做做看，反正我是导演，可以自己决定。

王耀庆： 高三就没办法参加太多活动了吧，因为要考大学？

陈建骐： 但考大学之前我又组了一个摇滚乐团。

王耀庆： 在学校里面？

陈建骐： 对，那个时候才真正接触到流行音乐，大部分是西方的。就是听那些感兴趣的曲子，他弹什么我就模仿什么。很重要的是，因为那个年代不像现在资讯这么发达，上网就可以找到乐谱，那时都要自己听，所以这其实是很好的训练。包括合成器的音色，我要学那个声音，但没办法上网查到，只能自己买英文杂志来看，了解了原理再自己摸索。

王耀庆： 什么原理？

陈建骐： 比如说需要一个钢琴的声音，现在的 RAM（随机存取记忆体，Random Access Memory）跟硬盘随便就是好几 T，可是以前的器材里面可能有两千种音色，但记忆体只有 256M，这意味着每个音色所占的记忆体很小，那要用电子的方法让它更像真声，这个就需要一些技术。你要知道一些参数，要知道 LFO（低频振荡器，

Low-Frequency Oscillator），要知道它跟电流有点关系，跟物理有点关系。

王耀庆：你是理科还是文科?

陈建骐：我是文科。

王耀庆：但你刚刚讲的那些知识完全是理工科。

陈建骐：对，音频振荡器怎样产生，FM 音源，减法音源，加法音源……

王耀庆：真的就是因为有兴趣才会钻研这个。

陈建骐：对，因为我喜欢。

王耀庆：你哪有时间念历史地理?

陈建骐：就是没有在念书，我高中后期根本是放弃学业。（大笑）

王耀庆：真的?（怀疑的眼光）但你还是考上淡江大学会计系。

陈建骐：对。

深受启发的一张专辑

王耀庆：如果你在高雄念书的话，会做什么样的音乐?

陈建骐：不知道耶，我的音乐生涯从台北开始。我觉得可能有一个原因，就是台北的氛围还有接触到的人，对我的影响很大。比如我遇到黎焕雄，遇到剧场，通过他的戏或他的表达方法，我了解到表演形式不是只有一种，无声的表演也是表演。可能小时候在高雄会思考的事情只跟生活、赚钱有关系，只有在台北才能接触到会影响自己很深的东西。

王耀庆：是的。但你一定是带着某些高雄的痕迹，到了台北之后，再慢慢长出不一样的东西。你在高雄学的种种东西，可能当时并没有意识到将来会变成什么。一直到来台北遇到不一样的人，这些已经内化的东西才用另外一种方式转变出来。

陈建骐：我无法确定是不是跟高雄有关。我读大学之前已经确定了 80% 的个性，就是我对于事情没有太重的企图心。比如说，我没有为了要当上索尼的音乐总监去一步步计算，先要制作什么，再认识索尼的人……我只是想做一件事情，然后把它做到最好。这种个性，是不是高雄的生活带给我的，我也不太确定，但是在我的高中时代，同学、老师、父母亲就是这样教我的，我是带着这样的个性来到台北的。

王耀庆： 高中之前你接触最多的是什么类型的音乐？

陈建骐： 讲起来真的很丢脸，其实我高中之前很少听音乐。是读了高中之后，我记得第一个听的是 ABBA 合唱团，就是 *Money, Money, Money*，*Dancing Queen* 那些歌，当时觉得很新鲜。华语流行音乐里面，我那时候的偶像有两个，一个是黄韵玲，一个是黄大炜。我觉得他们的音乐跟其他人很不一样，有一种特殊的元素在里面，也许是编曲方法，或者是唱歌像讲故事一样。

王耀庆： 那时候有没有哪张华语专辑对你影响很深？

陈建骐： 有两张专辑让我印象很深刻。一张是齐豫的英文专辑，那时候她出了两张英文专辑，选歌都是很不流行的那种。

王耀庆： 是不是那张 *Whoever Finds This, I Love You!* (1988 年英文专辑，滚石唱片发行) ？

陈建骐： 对对！第一张我忘了名字，她的音乐都像故事一样。我突然觉得原来歌也可以这样，不是只讲爱情，像你刚才说的那首歌，它就是讲一个孤儿的故事：每天从窗户丢纸条到路上，因为他没有父母亲，所以谁捡到这个纸条，他就会爱上谁。

另外一张对我来讲非常重要的专辑，就是潘越云和齐豫唱的《回声》(滚石唱片 1985 年发行的台湾第一张 CD 唱片)，里面有很多厉害的词曲。歌词是同一个人写的，就是三毛。我们对于歌词的认知有约定俗成的规范，就是一定要对仗，要字数差不多等等。可是三毛的歌词根本不像词，很像散文，因为她是一个小说家，她写自己的经历、自己的故事。《回声》基本上把她跟先生荷西相识、相恋到分开的过程用歌词写出来，然后很多制作人为她谱曲。我没记错的话，有李泰祥，也有李宗盛。那张专辑为我打开了另外一扇门，我发现原来音乐可以这样，又像配乐，又像一首诗，又像散文，但它又是流行歌曲。《梦田》就是那张专辑里的，这是我心目中第一名的华语流行歌曲。

每个人心里一亩 / 一亩田 /

每个人心里一个 / 一个梦 /

一颗呀一颗种子 / 是我心里的一亩田 /

用它来种什么 / 用它来种什么 /

种桃种李种春风 / 开尽梨花春又来 /

那是我心里一亩 / 一亩田 /

那是我心里一个 / 不醒的梦

——《梦田》（作词：三毛 / 作曲：翁孝良 / 编曲：陈志远）

王耀庆：当时听完这张专辑就觉得自己是文艺青年。

陈建骐：我只是觉得那个画面感太好了，三毛是一个到处流浪的女人，她写的东西，一句话就可以把你带到她的世界、她的处境，这个力量太厉害了。

王耀庆：感染力很强。

陈建骐：所以我觉得音乐的世界是有魔力的。

从不务正业到破釜沉舟

王耀庆：你有想过考音乐系吗？

陈建骐：从来没有。音乐系的门槛很高。所谓"门槛很高"意思是那时候台湾的音乐系还是偏古典和演奏，考上音乐系就表示你的演奏技术要很厉害，跟我刚才讲的 LFO 一点关系都没有，你根本不用想那些，就是弹钢琴，当时没有设"应用音乐系"这样的科系。

王耀庆：现在有了？

陈建骐：现在有了，但说不定我要是考上什么应用音乐系，我就会讨厌它，很难讲。

王耀庆：你觉得你是个天生反骨的人吗？就是如果大家都这么说，那我就偏不这么做？

陈建骐：我觉得，可能外表看来不是，我不逆反，没有那种叛逆的感觉，可是我心里面可能会有这一部分。

王耀庆：但是你"不务正业"啊，你高中的时候不念书。

陈建骐：对，可我还是会一部分符合社会期待，另一部分再做我自己的事情。

王耀庆：在游戏规则下做自己想做的事情？

陈建骐：对。

王耀庆：可是为什么会去念会计系？

陈建骐：这个当然跟我的家庭教育很有关系。我是台湾南部的小孩，南部对于音乐这个职业最大的想象或者说最好的想象，就是在 Pub 弹琴，大概不会是和唱片有关的事情。相比于音乐工作，年纪大的人还是觉得会计师、医师、老师、律师，这些"师"字辈的工作比较厉害，所以我还是符合了家里的期待。

王耀庆：就选了一个会计系？

陈建骐：其实也不是我选的。因为我叔叔是会计师，所以家里就说如果你音乐的路走不下去，你还有一个叔叔可以依靠。

王耀庆：可是填选志愿的时候你一定填的不只是会计系吧？

陈建骐：我第一志愿不是会计系，是应用美术系。

王耀庆：哇喔！！"应用美术"这个话题，在我们将近二十分钟的聊天里面都没有出现过。

陈建骐：其实，我学画画的时间跟学音乐差不多长。

王耀庆：那你还蛮忙的。

陈建骐：是挺忙的，我拿奖状最多的其实是在画画方面。

王耀庆：所以你是认真学过吗？

陈建骐：学过水彩、漫画。漫画一点点，水彩居多，我也喜欢水彩多一些。

王耀庆：后来学到油画了吗？

陈建骐：没有，我不太喜欢油画的质感。我觉得水彩光透的感觉是我喜欢的，而油画比较重。水彩有一个很有趣的地方，你第一层画上去的时候不知道最后是什么，因为第一层加第二层加第三层，加起来的颜色再透过光，它们的关系完全不一样，这个变化是充满想象力的。其实我一直以为我会上应用美术系，通常应用美术系的分数比会计系低，因为会计系是比较实用的。可是没想到……

王耀庆：我高考那一年就是突然有一阵风潮，大家都要填大众传播系。

陈建骐：我也蛮喜欢大众传播的。反正当时就觉得美术应该是第一志愿，第二志愿符合家里期待，下面的就乱填一通。

王耀庆：但是所有的考生，其实没有谁真懂这些专业到底在干吗。有一些大家都想读的专业，听起来很酷，但其实不懂，不知道到底要学什么，出来要干什么。

陈建骐：那你算是很幸运的，选对了。

王耀庆：我根本就是填错志愿卡才进了辅大的大众传播。（笑）

陈建骐：什么意思？（惊）

王耀庆：我大学联考（相当于高考）的时候填错了两张卡，一张是志愿卡，一张是地理的答案卡。考试的时候，为了慎重起见，我会先把答案写到考试卷上，然后再仔细抄在答案卡上。我考地理的时候，有35道选择题，16、17题不会答，就先空着，结果抄的时候就把18—35的选项填到答案卡上的16—33，答案卡填错了，以至于我的地理分数特别低。

陈建骐：不然你就会上？

王耀庆：不然我可能会上政治大学的资讯管理系。我第一志愿填的是资讯管理，因为觉得好酷，可以成为一个电脑黑客之类的。

陈建骐：可是如果那时候你上了资管，就不会有现在这个演员王耀庆了。

王耀庆：不晓得，而且我志愿卡没有填大众传播系，当时大家都想要念这个，但是我根本搞不懂那是什么，我填的是商、法、文。因为我高中时候最想当一个商人，第二是法律，然后是文学，我大概是某一格填错了，所以收到录取通知书说我上了辅仁大学，可我又没有填辅大的大众传播。

陈建骐：其实我觉得在淡江学会计是很好的事情，因为会计系不像大众传播要做很多作业，或者很多考试。我们只要把数字算对，知道每一个交易怎么处理就没事了。所以我有很多时间在外面继续做音乐的事情。

王耀庆：所以会计更多是跟逻辑有关？

陈建骐：对。好像大家觉得我数学很不好，怎么会去念会计。但我觉得其实它不是数学，最难的运算也就是加减乘除。真正难的是今天发生了一笔交易或者一个账单，你要怎么处理、记录，然后提供准确的报告给决策者做正确的判断。会计是做这个事情的，它是种管理，提供管理资讯。而且我现在也开始做一些管理的事情，这样想起来，好像学会计还是有帮助的，我还是知道一些管理的东西。

王耀庆：所以你在会计里面学到了管理，但是，你依然不务正业。

陈建骐：这个是免不了的。

王耀庆：你从大一就开始打工了吗？

陈建骐：大二开始。大一住在淡水，大二我就到了台北，开始在芝麻街教英文。

王耀庆：你看你还是……

陈建骐：不务正业。

王耀庆：不是，你还是某种程度上符合家里的期望，成为"师"字辈。

陈建骐：对啊，我大二变成了老师，大三继续教英文，大四就加入了一个乐团，在 Pub 弹琴，然后跟着乐团全台湾巡回。

王耀庆：那个乐团有几个人？

陈建骐：五个人，歌手、吉他手、贝斯手、键盘手、鼓手。

王耀庆：这是很标准的配置。

陈建骐：标准配置。那时候这个生态其实非常繁荣，高雄、台中、台北都找我们去表演。

王耀庆：这样的生活维持了多久？

陈建骐：快三年。还有一个小故事，我当兵退伍的时候，有人找我去做乐团，在 Pub，我担心自己两年没有接触音乐市场，会的歌都是旧歌，结果去了之后发现，我大学弹了三年，当兵两年，五年过去了，在 Pub 里面大家点的歌、唱的歌，没有什么改变。在 Pub 弹琴收入很稳定，但是后来我想，如果每天都弹一样的东西，那么我对音乐的想象就变狭窄了，我要转变音乐工作的想法，所以就决定破釜沉舟。

我们都跟周华健有故事

王耀庆：退伍之后第一个开始赚钱的工作是什么？

陈建骐：非常幸运，有朋友介绍我到周华健的摆渡人工作室。很紧张，很惊讶，因为那是周华健啊！我记得 9 月份去他那边面试，11 月份要发新专辑，他就给我一首歌，让我编编看，两个星期再拿回去给他听。然后我就回家编，只有很简单的器材，而且那时候我是录在磁带上。我两个星期只编了前奏部分，都还没进到歌，因为很紧张，想精益求精。结果两个星期到了，我就拿前奏去给他听。我其实不知道他听完之后到底是真的喜欢还是……

王耀庆：但他有给你一个机会。

陈建骐：是。我自己觉得没有做得很好，只是很直觉地把我对这个歌的想象和感觉编成了前奏。然后华健说我们可以试试看，你来帮我编曲吧，那个时候觉得自己很幸运。

王耀庆：其实我去摆渡人工作室试过音，什么时候去的我已经忘了，但重点是，我选歌选错了。

陈建骐：你选了什么？

王耀庆：我选了两首歌，一首《怕黑》，一首《寂寞的眼》。可是你想，我到周华健家里去唱他的歌……

陈建骐：这真的是策略错误！

王耀庆：当时想表达我是真的很喜欢啊！所以就唱他的歌。但是你想，我怎么可能唱得比他好呢！而且唱这两首歌很难不去模仿他的唱法，当时想得太单纯了！（糗）唱了这两首歌之后，他就说"好，那个，嗯，你会唱什么比较快的歌吗？"可能他想要知道我会不会唱其他风格，那时候我哪会什么快歌，最快的歌叫《青苹果乐园》，但也很奇怪对不对？

陈建骐：新的方向，可以尝试。

王耀庆：然后他说"好，我们会再通知你。"但一直到今天，我都没有接到这个通知。（无奈）

陈建骐：你需要我提醒他一下吗？

王耀庆：不用不用，后来我们也成为某一种朋友，这是我觉得非常开心的地方。

陈建骐：华健对我的影响非常大，一方面是因为编曲，另外一个很重要的部分在于什么是表演。虽然之前也在 Pub 表演，但我人生中第一场千人演唱会就是周华健的，现在想起来都是可怕的经历。我第一次出国是跟华健到新加坡，有一场五千人的演唱会。

我跟华健学习到，一个编曲或一个制作人要懂得，一首歌对于歌手的影响，不只是音乐上的，还有表演上的。歌手要怎样在舞台上表演这首歌，这件事会影响歌要怎么编，他的思考是包括这一块的。以前卖唱片的时候，大家只会考虑歌要怎么唱，那时候唱片很好卖。现在时代变了，现场表演比唱片重要，但是华健很早就已经开始思考要如何通过"表演"来呈现一首歌，这对我而言是非常前卫的观点。

王耀庆：这真是非常制作人的思维。

陈建骐：对，而且那是在 2000 年，因为他觉得流行音乐还是要面对广大的听众，你当然可以把它变成个人的事情，但你的受众还是非常大众的，你要在舞台上很直觉地呈现，观众才有办法很直觉地接受。

王耀庆：我能说这是一个比较商业的想法吗？

陈建骐：绝对是，制作人本来就需要商业的想法。创作人可以天马行空地想象，但制作人或者唱片公司就要把这个天马行空的想法变成可以实际执行而且有商业价值的产品。我觉得这是分工上非常清楚和正确的逻辑。

王耀庆：谈到这里，我很好奇，你的绘画后来去哪里了？

陈建骐：我最后一张画是在大学画的，应该是 1998 年，之后就停止了。但是画画的需求或者说热情可能转移到别的东西上了。

王耀庆：我猜，在你的音乐里面，应该也有一层一层再一层的叠加，然后就会呈现不一样的风貌。

陈建骐：这是有趣的说法！因为也有人说，听我的编曲或者是制作的音乐，会觉得有画面感。那个画面感可能来自歌词，也可能是因为歌手的声音，可我觉得有一部分是受到我画画的影响。比如说，我会把颜色转化成乐器，歌词里如果出现"夕阳"这个词，我会先转化成橘色、黄色，黄色给你的感觉是什么？是涩涩的，还是温暖的，还是冷酷的？然后什么音色会带给你温暖？电吉他会不会很温暖？对有些人来讲很温暖，可是对大部分人来讲，可能大提琴会比较温暖，那我可不可以用大提琴来描写"夕阳"？

王耀庆：就是转化的过程。

陈建骐：现在讲起来好像很有逻辑，但实际上它是一个内在的逻辑，是直觉上的推理。或许我在音乐上的一些决定有一部分是因为画画的关系。

那些模糊的、空白的地带才是剧场音乐最美好的地方

王耀庆：从摆渡人工作室离开以后呢？

陈建骐：比较重要的是 2003 年，做了几米作品《地下铁》的音乐剧，黎焕雄导演的。音乐剧结合了流行音乐、剧场、画面、歌曲、歌词，是一个集体创作，对我来讲是很大的挑战。我认为是把当下的感受，对于文本、对于我那时候生活的样貌，很直接地写出来。

王耀庆：《地下铁》到现在也有十多年了，你有重新编曲或者修改里面的音乐吗？

陈建骐：没有，一点没有。就像你生一个小宝宝，你要这里动他一下，那里动他一下，他可能更好看，可是他就不是原来那个样子了。因为这个作品对我来讲太重要了，它是一个很直觉、很专注的作品，现在我很难两三个月都在做同一件事情。但创作《地下铁》的时候，因为没什么工作，所以我基本不出门，一两个星期出来看一次排练，就专心在那个音乐里面。那个音乐剧还有一点非常重要，它是我第一次写整首演唱歌曲，之前都是配乐编曲，没有真的写旋律。

王耀庆：对你所从事的这个行业，你算是一个很专情的人。

陈建骐：到现在为止是坚持的，当然音乐也带给我很多回馈。回馈有精神层面和物质层面，可是如果这两种回馈都没有，可能也坚持不下去，我觉得这是很现实的。

王耀庆：你害怕孤独吗？感觉你可以一个人在一个地方待很久，只要是跟你喜欢的东西在一起，做你喜欢的事情。但是，像你刚才讲的，如果没有物质或精神上的回馈，你还能做这件事情很久吗？

陈建骐：现在的我没办法回答这个问题，因为没有真的感受过。我很幸运，做音乐工作以来，对我作品的反馈都是比较正面的，当然不好的评价其实也蛮多的，但是我真的很喜欢自己做出来的音乐。我常常已经累得快要死掉了，可是如果编完一首我很满意的作品，不管是剧场的、电影的、广告的，我可能一整晚都会戴着耳机一直听，就跟神经病一样。音乐只有几分钟而已，我就一直重复听，好像那个就够了。所以这种时候我不知道自己到底是孤独还是不孤独，就一个人一直循环听一首歌，听50遍，很莫名其妙。

王耀庆：这是一件很过瘾的事情。

陈建骐：对啊，你会不会演完一个电影之后倒带，看回放，想"这个演得太好了！"看这个眼神、这个挑眉……

王耀庆：我没有这么自恋的时候……

陈建骐：这是自恋吗？可是音乐里面还有其他创作者的东西在，我觉得它是一个整体，加起来太好了。

王耀庆：当然，我也有过类似的感受。《远大前程》那部戏，我跟李心洁有一段分手的戏，当你突然间意识到一切都对了，灯光也对，气氛也对，台词节奏也对，情绪也到位，你会觉得舞台上所有的东西就像一个大浪扑来，你完全浸在其中，只能跟着它走，然后你看到这个浪把所有观众一起都带走了。它不可能回放50次，但是那个瞬间就觉得很舒畅，身体和心灵都被治愈了。

陈建骐：说到《远大前程》，我想起心洁唱的那首《谁的》，我很喜欢那首歌。两个曾经密不可分的情侣，从"我们"变成"我和

《命运建筑师之远大前程》中的李心洁和王耀庆

你"，从前面的影子到后面的枕头，那个片段非常珍贵，我无法用言语形容。情境到了，灯光到了，钢琴的声音一下子来了，你就知道接下来应该是什么。

王耀庆：尤其是在整部戏里，那是一段情绪很重的戏，当钢琴一下响起，我常常在心里暗自说："陈建骐你要搞死我！"每次都会被那段音乐击中。

这是你的／这是我的／

这是我的／这是你的／

这是我们的／这不是我们的／

这不是你的／这不是我的／

这是你的／这是我的

——《谁的》（作词：林奕华／作曲＆编曲：陈建骐）

陈建骐：可是你知道吗，当台上的演员没有营造出那个氛围，钢琴就永远是多余的，观众只会觉得为什么多出一个声音。所以我自己的原则是：当演员有办法达到饱满的情绪时，我做的事情才有帮助；当他情绪不到位的时候，我做的任何事情都是在催促你赶快满起来。所以，不管音乐是在悲伤的时候出现，还是在开心、愤怒的时候出现，都要看演员怎么引导，最好的互动是演员引导观众怎么听这个音乐！所以通常我的音乐都不是太……

王耀庆：太有指向性。

陈建骐：对，也不会太激烈。就是等一下，再等一下，看演员要做什么。

王耀庆：在某种层次上，其实你是太极拳的高手。

陈建骐：啊，这个比喻蛮好的。剧场音乐可以放很多自己的想法，一方面我要催化剧情，另外一方面我要对抗，甚至我可以对抗导演要讲的事情。比如，导演希望演员很激烈地吵架，可是我给他一个很轻松的音乐，让它变得有一点荒谬，因为我觉得这个吵架是无稽的，是没有必要的；或者我给他一个很舒缓的音乐，也许是我觉得两个人吵架表面是愤怒，可是内心其实很悲伤，这种反差，暗藏我自己对这个剧本的诠释。

王耀庆： 基于你对于整个戏剧的理解，在配乐上做出诠释。

陈建骐： 对。我当然不会像导演那么了解剧中的每个动机或者想表达的东西，可是我觉得剧场最有趣的部分就在这个空白。因为观众也不可能完全接收或是理解你想说的事情，所以那些模糊的、空白的地带才是它最美好的地方。我宁愿让剧场的配乐保持模糊，因为那样才有想象的空间，这也是剧场存在的必要性。不然的话，电视剧有很多逻辑、叙事非常完整的剧情，为什么还要多一个剧场这样的表演形态呢？

王耀庆： 就是让大家有一个留白或者思考的空间。

陈建骐： 而且最困难的是，不管是电影或电视，如果要做一个外太空的场景，需要花非常多的钱，用 CG 之类的去做特效。可是在剧场里，你要怎么让观众一看到雪球灯就认为它是月球呢？演员太重要，灯光太重要，服装太重要，音乐太重要，这一切都在考验创作者的诠释跟观众的想象力。

给想要做音乐的年轻人

王耀庆： 你对想要做音乐的年轻人，有什么建议？

陈建骐： 我现在开始在大学教书。

王耀庆： 哪个大学？

陈建骐： 我在台大戏剧系教剧场音乐，每个星期两堂课。很多学生就会问，做音乐会不会有出路？有一些学生其实音乐底子不错，可是很多人还是会把音乐这个行业理解为流行音乐领域。现在跟以前不一样，音乐领域应该看得广阔一点，我接触到的就有剧场、电影、电视、电动游戏、网络……虽然唱片的现状很不好，可是全世界每个媒体都需要音乐，所以可以把自己的视野再打开一点，那样音乐的路就会更宽广。

每个行业都需要我们找到窍门，要知道它的需求是什么。那么从商业性来讲，它就会变成简单的事情。简单会不会变成无趣，这就是另外一个挑战。如果最后你只是把它作为一个收入来源，那就很无聊了。但如果你在里面找到乐趣，再创造另外一个不一样的平台也好，音乐类型也好，我觉得路才会比较长远。

王耀庆：全世界的电视综艺都热衷做歌手选秀的节目，你对想做歌手的年轻人，又有什么建议？

陈建骐：现在的音乐产业起点比较低，尤其是歌手这个行业。当然歌手这个职业很光鲜，在荧幕前被大家看到、听到。但是这个"看到、听到"，并不表示你的音乐或者你的生活就能因此而改变。音乐这个行业除了可以面向歌手之外，还有很多幕后工作，像制作人、乐手、词曲作者、录音师。每一个职位的要求都不太一样。

歌手，会唱歌当然很重要，但是所谓"会唱歌"并不一定是指技术很好。现在媒体多了，要从这么多的媒体当中凸显出来，个人特质才是最重要的。个人特质，可以从音色、样貌开始，可以从你讲的话、写的文字或旋律开始。再引申多一点，可能不是所有人都会随波逐流地去追求某一种东西，或者是只关注一种东西。

王耀庆：所以还是要多面地学习，尝试不一样的东西。

陈建骐：对，理解和接受不一样的东西。因为你有了足够多的东西，才能完整呈现一个饱满的自己。如果只有一个法宝或者一个武器，那你能够选择的就很少。对我而言，歌手不是一个好嗓子就可以成立的，你要有一些更独特的想法、创意。

王耀庆：所以还是要看综合分数吗？

陈建骐：肯定是综合分数。因为大家喜欢的不只是歌而已，要让大家喜欢你这个人，或者对你有好奇心：你唱这个歌，或者你写这个歌，那你的脑袋里在想什么？你平常的生活是什么样？你外在的造型可能是破破烂烂的，如果是破烂的，那你的生活真的很困苦吗？你在困苦的生活里为什么要创作这些歌曲？我觉得这样才是真的具备了某种影响力。

王耀庆： 但在今天这种快速消费的时代，大家对某个人的兴趣一般只能维持很短的时间。

陈建骐： 所以你要保持不被丢弃，不能只是快速地消费这张专辑，你要给大家留一个悬念。我对他下一张专辑还可以有期待吗？你为什么会用这个字这个词？你建构的歌曲画面为什么跟别人不一样？

王耀庆： 所以这还是取决于你生命的厚度。跟演员一样，必须增加人生的历练，才能够做出比较动人的表演。

陈建骐： 你有想过演而优则唱、演而优则导之类的吗？

王耀庆： 我高中的时候有想过，原本不知道自己可以当演员，小时候还蛮喜欢唱歌的，所以我去周华健公司试音，后来拍过娃娃（金智娟）的 MV，都跟音乐有关。曾经有一段时间我以为自己可以加入唱片公司，但是也没有很积极、很认真地做这件事情。

陈建骐： 现在证明，做演员还是比较对的。

王耀庆： 你是说我唱得不好？

陈建骐： 不是不是，歌手真是很可怜。

王耀庆： 这跟收入没关系。

陈建骐： 从自我实现的角度当然是另外一回事。

王耀庆： 对。重要的是，我在做自己喜欢的事。我是在演了几年戏之后，了解到自己是真的喜欢表演，而且我还蛮有想法的，似乎可以一直演下去。

找一个有温度的音效，

其实是要找背后有故事的声音，

就像你会记得那个桌面有多硬，那个杯子有多重。

CHAP
5

DAVID WANG

×

CHUNG CHAK MING

王耀庆×钟泽明

钟泽明

音效及音乐设计师、鼓手

音响工程师，音效及音乐设计师，鼓手，敲击手，香港乐队"假音人"和乐队"...Huh!?"的成员。自 2004 年合作舞台剧《大娱乐家》开始，一直为非常林奕华剧团的十多部舞台作品负责音响及音乐设计。

"我可以！"

　　不知道为什么，那天跟明哥在录音室聊天，聊到了很多关于父亲和儿子的话题，少年时父母对我们的影响，以及现在我们也都成为了男孩的父亲。

　　我是一个从小被打到大的家伙，自觉没有很调皮，但可能是因为我不爱写功课。最后一次被爸爸呼巴掌是在高二的时候，具体因为什么事情已经忘了，但那种父亲和儿子之间的对峙，是一次非常难忘的体验。他用右手打我左脸，本以为打几下就会停，结果并没有。他还反复地对我说，"你什么都不是。""啊，什么时候会停呢？"我在心里面暗自下了决定，如果他再打，我下一秒就要反抗了。很奇妙的是，当这个念头闪过，我抬眼看向他，他的手就停了。自此之后，父亲再也没有打过我，我甚至觉得，他后来给了我很多自由。

　　成为父亲之后，慢慢能够理解我爸当年的行为和心情。我的青春期也是他人生的创业阶段，面临着事业上的压力。他不知道怎么去处理我跟他的"不同"，于是乎，他使用了祖父对待他的方式来对待他的小孩。从小一直被爸爸用这种否定的方式教训，导致有一段

时间我非常反叛，越是别人说我做不到的事情，我就越是要做下去，非做不可。可能这也是为什么我选了演员这个只能说"我可以"的职业。为什么不能低头？为什么不肯认输？为什么不能说"对不起我做不到"？也许正是因为小时候一直"被否定"，才导致我不断地想证明"我可以"。

每个人成年后的个性，多多少少都跟自己青少年时期的家庭教育有关系。如果按照父母的期待选择职业，又会是什么样的道路呢？不晓得，只能庆幸地说，明哥找到了鼓棒，而我找到了表演。

明哥，肥仔明，钟泽明。在绝大多数的节目单里，他被介绍为音响工程师、音效及音乐设计师、敲击手、摇滚乐队的鼓手。而明哥自己却说，他是一个普通人。对此，我倒是有不同的看法，如果你跟其他人都不一样，你就不是一个普通人。全球大概70亿人，最美的地方就是我们的"与众不同"。如果你懂得接受自己的"不一样"，也许就找到了最值得保留的个性。有句话流传了几百年，叫作"人贵自知"。

这次在香港见到明哥，有机会聊了很久，有一种重新认识他的感觉。他让我看到，从事并坚持一项喜欢的事业，不只是改变了自己和身边的人，甚至也让你能够正视过去，修复内心，让自己朝着一个更好的方向走去。

我一直以为表演对我来说是一件我喜欢的事情，于是乎我想把它做得很好，但是我之前没有考虑到，其实它也改变了我。每次跟不一样的人聊天也是一种成长，这是一开始做"职人访谈"时没有想到的事情。谢谢肥仔明让我发现了这些改变。

时间：2017 年 6 月 22 日

地点：香港　Spring 4 Workshop & Zoo Music Studio

音效工程师，是用音效来表达自己，也是用音效去了解自己

王耀庆：我是在演出《华丽上班族之生活与生存》的时候意识到有音响工程师跟我一起在台上表演。之前我好像也没有想太多，但在《生活与生存》最后，大伟要跳楼的那一刹那，当他快要失去重心的瞬间，灯光突然灭了，音效砰地响起，我心里就会有一种成就感，觉得太好了，肯定吓到所有人了，很过瘾。

《生活与生存》演了八十多场，这个过程给了我充足的机会开始享受舞台上发生的所有东西，包括你设计的开门声、关门声、高跟鞋的声音。所以我才意识到音效真的帮了演员很多。

肥仔明：好高兴听到这些，这对我来讲很重要。其实我跟你的感觉比较相似，就是做《水浒传》跟《西游记》的时候，我觉得自

《华丽上班族之生活与生存》中的张艾嘉、郑元畅和王耀庆

己是隐形的，我也不想任何人看见我。然后在《生活与生存》的时候，我有机会真的坐在观众席上，去看你们在舞台上的每一个动作，去想每一个音效应该怎么处理，而且还有八十几场可以让我继续创作。

王耀庆：是的，就是这个戏让我意识到，其实有很多的幕后工作人员是跟我们一起在台上表演的。最初我对你的认知就是，你是音效工程师，每天我们戴麦（耳麦）、试麦的时候你要调音，但是也仅此而已。直到《生活与生存》，我才真正见识到大量的音效所带动的舞台效果。想问你是从什么时候开始做音效工程师的？

肥仔明：我在香港演艺学院毕业以后，做了一年的舞台技术员，然后就转到另一份工作，在香港电台做录音师，音乐跟音效配合的训练就是从那时开始的。后来慢慢有人找我去做一些儿童剧的音效，因为是儿童剧，所以每一个动作都比较夸张，所有动作都要有一个音效，还要做出一种很卡通的感觉。从那时候开始训练，怎么用一个音效去帮助呈现舞台上发生的每一件事情，那大概是 1998、1999 年，后来就一直当音效设计到现在。

王耀庆：好玩吗？

肥仔明：好玩。其实当音效工程师，就是你用音效来表达自己，也是用音效去了解自己。在日常生活里面，你放下一个杯子，拿起一个手机，也是有声音的。城市、大自然里面有很多声音，你慢慢会发觉自己对某个声音有一些感觉，你会特别听到一些声音，都是跟自己的心理活动有关。然后渐渐地，你就会学着去关注自己对声音的感受，慢慢再把脑海里想过的或者是记得的声音放出来给别人听。

王耀庆：这样声音就开始有温度了。

肥仔明：这其实就是我们音效师的目标，不希望一个音效仅仅只是一个音效。

王耀庆：不只是记录这个玻璃杯放在木头上的声音而已，而是渗透了你主观想要表达的一些情感和温度。

对我而言这个真的很难，我在做配音的时候有过类似的经验。有一次画面上的演员只说了一句"sorry"，光是这句"sorry"，我大概配了四个小时。配音工程师说你的 sorry 里面没有 sorry 的意思。可是单纯从这个字里，怎么能分辨出录音师所要的那个意思呢？所以我就开始一直"sorry"，大概四个小时里面不停地说。

肥仔明：哈，我平常认识的你，说的 sorry 是固定感觉的。

王耀庆：所以声音也会反映出我的个性。

肥仔明：对。

王耀庆：但是你怎么从成千上万个杯子的声音里决定一个你想要的声音呢？

肥仔明：一般会找自己的记忆来做样本。我以前听过的某一个声音是很好听的，有没有可能把它找出来；如果找不出来的话，用什么方法去做出来，或者自己去录。像你说的有温度的放下杯子的声音，是因为记忆里有一个故事在：比如说某一次你特别渴，有人递给你一杯水，你喝完之后把杯子放下来，你会记得那个杯子放下来的声音。找一个音效其实是要找背后有故事的声音，就像你会记得那个桌面有多硬，那个杯子有多空或者有多重。

王耀庆：做了林奕华导演这么多的作品，你最喜欢哪一部？

肥仔明：我很享受刚刚做完的《心之侦探》。

王耀庆：为什么？

肥仔明：因为整个过程很有趣。剧里面讲的就是有些人常常觉得自己只是个普通人，所以有很多东西都不配去做，也不配去获得。其实这跟我自己的心理是很接近的，很早以前我就觉得我是个普通人。

王耀庆：所以你怎样去做《心之侦探》的音效呢？怎样把你的心情呈现在里面？

肥仔明：开始第二轮巡演的时候，我有了很多机会再去回看它，然后发觉里面有很多台词仿佛就是对我说的。所以当发现这些感触

很深的话的时候，我就想要不要在某些场景加一个音效，或者是在演员独白的时候拿走一些音效，让那一句台词比较突显出来。

王耀庆：你在从事音效工程师的整个期间，有受谁的影响吗？或者你有偶像吗？

肥仔明：有，台湾的音响师杜笃之。

王耀庆：他是大师。台湾以前拍电影很多，但现在因为市场的关系越来越少，于是很多工作人员无事可做，被迫兼职，甚至离开这个行业，但是只有他还一直在录音行业里面。

肥仔明：他是真的很喜欢音效这个工作，我听过他的访问和讲座。你刚才说我们幕后的工作人员是跟演员一起在台上表演的，但是杜笃之说过一句话，"我们做音响的人就是整天埋头努力干，干完以后观众其实没有察觉，往往只有在出错的时候才会被人发现。"

王耀庆：不被发现才是最好的，这样想有点伤感。

肥仔明：所以我们要把音响弄得很自然。

王耀庆：但是音效也会加进你自己的态度？

肥仔明：舞台剧比电影更自由一点，尤其是在林奕华的舞台剧里面，自由度很大。

王耀庆：确实，就像舞台上我会跟对手演员互动，看他不同的反应。当我开始意识到音效设计这件事的时候，我也开始试图跟音效产生一些互动。

肥仔明：你在听到音效的时候是什么感觉？

王耀庆：它对我而言不仅仅只是一个 Cue 点，而是你也可以跟它互动，会因为这个音效产生一些表演反应。很多时候演员是借着音效挥出那一拳打到观众身上，声音充斥在剧场里，它会有助于演员的情绪施展。有时候演员在台上，观众不一定看得见你，只是能听见你在说话。那怎么样让大家知道我现在这个动作、这个情绪、这句台词包含了什么样的情感在里面？音效是一个可以合作的对手，同时也是一个可以用来施展的武器。

打鼓的初衷是为了打败愤怒

王耀庆:《水浒传》《西游记》《生活与生存》以后,2006 年到 2009 年中间,突然有一天有人告诉我你是鼓手,我说:"真的吗?! 很不像啊!"

肥仔明:为什么呢?

王耀庆:因为觉得鼓手要很灵活,要很激烈、很有态度、很快,所以很难想象你是鼓手。一直到我在郭富城台北的演唱会上看到你打鼓,一个炸裂的胖子,帅爆了。至此我才真正相信。如果我介绍你是一位音效工程师,坐在控制器后面调音,大家可能比较容易想象。但是如果说你同时也是一位鼓手,而且已经玩乐队二十多年了……

肥仔明:我是先玩音乐,然后才进入音响这个行业的。

王耀庆:从什么时候开始打鼓的?

肥仔明:大概是初三的时候,有一个表哥介绍了很多日本、英国、美国的流行音乐给我听,他还会用卡带录一些歌给我,对我影响很大也很深。

王耀庆:大家似乎都是从初中或高中开始接触西方流行音乐的。

肥仔明:对,以前就只听广东歌,那时突然之间整个世界都开阔了,发现原来外国的音乐跟香港音乐有这么大的差别,表演的方式可以这么的不一样。表哥后来送我一盘录影带,是英国著名乐队 Dire Straits 的演唱会录影。我看见那个鼓手很厉害,就在想,为什么他这么有型呢?我也要像他们一样有型,所以我就去问爸爸我可不可以学习打鼓。其实开始的时候他也是反对的,问我说:"为什么不好好读书呢?你还想当刘德华吗?"但他还是愿意付钱让我去学打鼓,很感谢他。

王耀庆：我奇怪的是，你没有看到吉他手、主唱、贝斯手或者主唱，单单是被鼓手吸引了。

肥仔明：对，这个是很有趣的缘分，因为学打鼓之前我其实会弹一点点的民谣吉他。Dire Straits 的鼓手叫作泰瑞·威廉姆斯（Terry Williams），很有名的英国鼓手，我就是被他吸引了。其实想起来，我现在打鼓的方式，也有一点点他的影子在里面。

王耀庆：西方音乐也有很多类型，那个时候最喜欢听什么？

肥仔明：摇滚。

王耀庆：所以你是摇滚乐的鼓手？

肥仔明：我的根在摇滚乐。

王耀庆：后来你也自己组乐队？

肥仔明：当时其实没有概念，就是一帮同学，有几个会打鼓，有几个会弹吉他，有几个会弹贝斯，就一起跑进一个排练室里面，好像唱卡拉 OK 一样。玩一玩有几位就离开了，剩下几位比较专注，大家就说不如我们组一个乐队试试看吧，于是就有自己的第一支乐队，那时候是 1989 年，第一支乐队参加过一两次比赛之后就解散了。后来新加入了一位吉他手，组成了我们一起玩到现在的一个固定的乐队（"…Huh!?" 乐队）。

王耀庆：你们是自己写歌，自己创作吗？

肥仔明：是，自己写歌创作，做了一张专辑以后就有比较多的人找我们去表演了。1992 年，有一次机会是去柏林的音乐节表演，回来又录了两张专辑，再后来就慢慢停下来了。

王耀庆：这支乐队去年重组，中间十六年都是解散的状态。

肥仔明：对啊。

王耀庆：时隔这么多年，又重新聚集在一起，肯定是因为你们真的喜欢做这件事情。

肥仔明：对，一定是因为音乐本身。

王耀庆：为什么你选择了摇滚乐？我以前常常听爵士，很抒情

钟泽明与其乐队成员

的那种，摇滚乐对我而言很嘈杂，后来我才慢慢地学习到，摇滚乐的精神是要打败那个大 Boss，不管这个 Boss 是什么，为了释放和发泄一种情绪。所以那个时候你为什么会有这么多的情绪？是什么情绪，愤怒吗？

肥仔明： 绝对是愤怒。

王耀庆： 对什么事情感到如此愤怒？你当时不过是一个中学三年级的学生。

肥仔明： 这跟我的成长有关。我现在 46 岁了，已经可以比较坦诚地看待自己，看待过去。在童年时期，我可能一直不能够很正面地看待自己，反而有一种自我否定的倾向，又在自我否定的过程中积累了很多负能量。我发觉在生活的其他方面都不能把这些负能量发泄出来，但是坐在鼓后面，拿起鼓棒的时候，就可以尽情地宣泄。打鼓是很激烈的，否则你哪里来那么多力量去处理一场 45 分钟的演出呢？现在已经慢慢学会肯定自己、正视自己，之后再坐到鼓后面，力量和感觉就跟以前又不一样了。

肥仔明： 我也有一个问题想问你，我打鼓是用愤怒去演出，但我很好奇，我觉得你是一个比较平常心的人，你是吗？

王耀庆： 现在是。

肥仔明： 那么演戏的时候，你的力量从哪里来？

王耀庆： 这个要从很多地方谈起。对我而言，表演初期也是在学习，我希望别人教我，好像表演就是你想象自己在一个状态里面，然后有固定的台词、固定的情绪，你是不是能够把这些传递出来。后来我开始慢慢意识到，表演有很多的技巧，当我真正开始喜欢这件事情的时候，我就会想要把它做得更好。我的力量就来自要表演得更好，要不断突破的想法，所以我要一直做下去。

让我们回到"愤怒"这个部分，为什么你青少年时期会在一种自我否定的情绪里？是因为父母吗？他们虽然让你去学打鼓，可实际他们不希望你做这件事？

肥仔明：其实他们还是蛮想让我做一些专业工作，比如说我妈妈以前是护士，她也想让我当一个护士。

王耀庆：当护士？

肥仔明：对，因为她觉得护士的生活比较有保障，也可以照顾自己跟家人。他们有这个期望，但是我办不到。后来开始学打鼓，当我第一份工作跟打鼓有关的时候，他们就无所谓了。

王耀庆：你在台上打鼓的时候，除了愤怒之外，还有其他的感觉吗？

肥仔明：像你说的，越来越发现里面有一些技巧，可以通过技巧去传递一种感觉。在以前，打鼓只是发泄负能量，发现技巧之后，就是要跟观众沟通，跟队友沟通，然后尝试要不要用某种技巧去完成这首歌。

王耀庆：有时候我也会自我否定。

肥仔明：什么时候？

王耀庆：比方说我今天演得没有我想象中那么好，或者导演对我的表演有意见，或者当我看到别人演得很好的时候，我都会想我为什么没有想到、没有做到呢？所谓的技巧是一直在进步的，一定要有经验或是长时间的练习，它才会越来越纯熟。当我还没有到达收放自如时，就会常常对自己不满意。电视剧还好，但在舞台上，我会觉得很无力、很孤独。舞台就像一个放大镜，它会折射出你所有的情绪。你心里没有说出来，但是观众会嗅到你的恐惧，观众会知道你正在自我怀疑。

你打鼓的时候也会有孤独的感觉吗？

肥仔明：打鼓是非常孤独的。原因有两方面：一方面是，在流行音乐的录音室里，都是一个个乐手轮流去录自己那个部分，通常是鼓手先把自己的部分录好，然后才慢慢加进其他的乐器。一个人在录音室里，只有你跟你的鼓，你要想象很多东西，虽然外面可能有很多人在听，但会感觉很孤独。

另外一方面就是你刚才说的，演出的时候要很专注，如果你失去了专注力就不知道会跑到哪里去了，那个时候也很孤独。我常常会想，"我打得不好，我不是一个好鼓手"，但是我的动作还要继续。两三首歌之前犯的错误都会记住，但是你要再找一个角度把自己带进音乐里。

尊重你的错误，它是再创作的灵感

王耀庆：犯错的情况常常发生吗？

肥仔明：会，老实说，鼓手做的事情是最重复的，很容易发懵，打了三四个小时以后，就会开始想别的事情。

王耀庆：可是鼓手就像整个演出的脊椎，大家都要跟着这个节奏往前走。

肥仔明：是的，但是鼓手很容易犯错。

王耀庆：犯错怎么办？

肥仔明：当你犯错的时候，外界的时间跟你心里的时间是脱节的，好像几秒钟之内想了很多事情。我通常就会用这个时间差慢慢跟自己解释："让它过去吧，也没什么大不了，我们依然还在表演。大家都很高兴，没人能听出来。"

也许有一些情况可以容许你把错误变成一种创造力。有一位音乐家讲过，你要尊重自己的错误，把它看成你自己潜藏的意图。它可能是你的某一种潜意识，也许会打开一个新的局面。

王耀庆：然后它就变成你的风格？

肥仔明：对，你把那个意图拿出来用，修正以后，你的错误就会变成你的话语方式。

王耀庆：所以错误不是借口，是再创作的灵感。

肥仔明：按照我过去的经验，好多时候巡演一两年都是玩同一个演唱会，这样你就有机会重复那些歌，你也可以慢慢把自己曾经犯过的错误变成一种有趣的东西，把它拿出来用。

王耀庆：同样一首歌在不同的地方表演，要重新排练吗？

肥仔明：不用，我只会进场地总彩排，大家听着可以，就不会重新练了。

王耀庆：但是如果你想要做点不一样的事情呢？

肥仔明：就等演出。但是这要慢慢想清楚，慢慢消化。你在台上表演的时候，如果犯错会怎么处理？

王耀庆：要看犯了什么样的错误。有些比较小的，比方说错台词，可能你都不会意识到自己错了；有些可以修正的，就当下修正；有些已经没法补救，那只能提醒自己下一次不要再重蹈覆辙。

有一次是我跟李建常在台上，我们两个的台词其实已经很熟了，但是他不小心讲到了我的台词，我就没办法往下接了，于是我只能重新再说一句，那句话他没有听过，于是他也卡住了。然后就像你说的，心理时间突然无限拉长，现实中大概只过了五秒钟，可是在我们心里已经过了一个小时。

肥仔明：对，就是那个感觉！

王耀庆：很孤独，很恐怖！我不太确定重复一个错误怎么会变成一种风格。也许我的口音算是错误，我以为我说的是很标准的普通话，但是别人一听就知道我是台湾来的。

肥仔明：这其实也是一种风格。

王耀庆：不晓得。我们可以有很多主观的自我诠释，但这从来都是自说自话，别人怎么看你和你怎么去诠释，这是两码事。但是我觉得有一件事是非常重要的，你刚刚说到你从原来的愤怒到懂得跟队友、观众沟通的方式，然后用全新的态度去面对打鼓，坚持到现在，你似乎是用了一件自己喜欢做的事情去自我疗愈。

肥仔明：打鼓已经变成我生活中的一面镜子，它让我看见自己此刻的状态，也看见一个更宏观的自己。

对孩子来说，父母也有保存期限吗？

王耀庆：刚开始聊的时候你说到一个词，让我有一点恍神，你说你就是一个普通人。现在好像没有太多人会甘心承认自己就是一个普通人，我觉得这还蛮有意思的。我们必须承认，其实我们就是很平凡的普通人，但是我也会觉得不忿，因为我愿意相信，如果一直做我喜欢的事情，并且把这件事情做得很好，我就可以不平凡。

肥仔明：我们都是普通人，但是我们每个人都不一样。"普通"的意思是说我们都有自己的喜怒哀乐，但是你怎么面对，或者说用什么东西来面对、解决你的喜怒哀乐，每个人都不一样。

王耀庆：我记得你以前跟我说过，你受父亲的影响很深，因为他觉得享乐是不道德的。

肥仔明：他没有讲过这句话，但是从他的表现来看，他是这样认定的。

王耀庆：他做了什么？

肥仔明：有一件事我记得很清楚。十三四岁的时候，我开始注意自己的外表，有时候会坐在镜子前面弄一弄头发。有一天他看到我在弄头发，很在意形象的感觉，就过来用手把我的头发揉乱，然后一言不发，关门离开了。

王耀庆：你受伤吗？

肥仔明：心里有一种被否定的感觉，觉得他认为你在做这种事情是不对的。

王耀庆：听完这个故事，其实我心里面的感觉就是，上一代有上一代的生活背景、思考方式和价值观。其实我也是，我的父母对我有一定的期望，他们有很多处理事情的想法跟我不一样。以前我也曾试图从他们的眼光去处理事情，但是逐渐发现，这是我的人生，我要用我的方式去过我的生活，我愿意为了每一个选择负责。当然这不是说和父母的距离越来越疏远，只是他们会知道，有些东西不会再影响我。

王耀庆：你的小孩现在多大了？

肥仔明：12岁。

王耀庆：之前有带着他去巡演吗？

肥仔明：有，他小时候常常跟我们一起巡演，但现在不会了。他喜欢上学，喜欢现在这所学校，他的朋友全都在那边。

王耀庆：所以朋友对他来说慢慢地越来越重要。

肥仔明：是，他的 Facebook 不允许我和他妈妈加他好友。

王耀庆：对，因为那样就不酷了。你的工作会常常不在家吗？

肥仔明：会，因为很多时候都在巡演。你儿子呢？

王耀庆：我现在因为工作的关系，所以一年大概超过 10 个月的时间不在家。

肥仔明：他们会想你吗？

王耀庆：会吧。我也觉得他们慢慢到了同学跟朋友比父母更重要的阶段。因为之前我没有太多时间陪伴他们，所以现在开始，我应该会多花一点时间跟他们在一起。我看了一篇文章，它说父母亲对孩子来说也是有保存期限的。当你对孩子还有影响力的时候，你没有尽到父母的责任，等到他们形成了自己的价值观之后，他们也就不那么需要你了，你的有效期就过了。

肥仔明： 我也看过一篇文章，谈到爸爸对子女的影响，小朋友会看爸爸是怎么面对外面的世界，而不是你教他或者是对他说什么。

王耀庆： 问题是，他们没有太多机会看到我怎样面对外面的世界。当我在外面的时候，他们都在学校上课。

肥仔明： 会给他们看你的作品吗？

王耀庆： 我偶尔也会在话剧巡演的时候带着他们，舞台剧是现场的东西，和拍电视剧相比要有趣。

肥仔明： 你儿子在电视上见到爸爸会是什么反应？

王耀庆： 他们一开始当然也是很兴奋的，但是现在就会说，"哎，他又在那里哦"，"是哦，他老是在那里"。

王耀庆： 父亲给你的经验，跟你自己成为一个父亲的经验，有什么差别？你怎么看待下一代？

肥仔明： 我和我父亲的共同经验是，我意识到父亲会对儿子产生深刻的影响。我儿子出生以后，我更了解当一个父亲到底是怎么回事。直到最近五六年，我才慢慢意识到你刚刚说的那一句话：这是我的人生。人的成长是你要慢慢从父母那边建立自己的价值观，然后过自己的人生，不要再依赖他们的反应，这要靠自己给自己价值、给自己肯定，这一点很重要。所以我希望我的儿子能从我这里得到自由。

王耀庆： 你会让他做所有他想做的事情吗？

肥仔明： 尽量。但有时候又会发现，他其实很希望像我一样。我儿子今年 12 岁，他从 4 岁就开始跟妈妈说他想学打鼓。他不敢直接问我，也许他想学打鼓会跟爸爸更亲近一点吧。但因为鼓声实在太大了，我担心他这么小的孩子是否适合接触这件暴力的乐器，一

直拖到他 6 岁的时候，他真的就显得不耐烦了。我从那时起开始教他打鼓，直到现在。现在他渐渐不太听我的话了，他会自己直接找音乐去练，练好了叫我过去听一下，然后我可以给他一点意见，他就继续自己练。

王耀庆：从专业的角度评价，一个有经验的鼓手去看待另外一个鼓手，你觉得他打得怎么样？

肥仔明：确实打得不错，他有一些技巧还要慢慢成长，但他有一种很摇滚的精神，就是我要自己来，我不要听太多别人的意见，我要自己慢慢做好。

王耀庆：这一段采访要给你儿子看一下，因为我父亲从来没有跟我说过"你演得好"这句话。

肥仔明：你想听到吗？

王耀庆：我已经过了那个年纪了，如果我爸爸现在说这些，好像太煽情了。我奶奶做过类似的事情，我记得是在香港葵青剧院演《男人与女人之战争与和平》那部戏，那时候奶奶已经开始慢慢忘记很多事情了，我妹妹陪着她到了香港。奕华的戏很长，三个小时，她就一直坐在里面，她其实根本不清楚这个戏在演什么。当时是 2009 年，她 80 岁，一个山东老太太坐在香港的剧院里看着上面演戏。后来我妹妹告诉我，演出结束谢幕的时候，奶奶边鼓掌边问旁边的人，那人其实是我朋友，她就问他说好看吗？我朋友说很好看，然后她就说，"那个人是我孙子"。她坐在那边，整整三个小时，只是为了要做这件事情而已。那天谢幕的时候，我在台上哭得一塌糊涂，因为我知道走出这个剧场之后，她也不会再记得她曾经在这里看她孙子演过一场三个半小时的话剧。

我当然也没有希望我爸爸肯定我在做的这些事情，但事实上，我爸爸给我最重要的一个东西就是自由。我大学毕业退伍之后，他没有对我做的选择过多地干涉，这是他给我最重要的东西。

而我现在面对自己的儿子，我所做的一切就是希望提供最大的空间让他们自己去做选择。因为他们将来要面对的事情是他们的，不是我们现在能够预想的，也不会是我们现在身处的这个世界。当然，有一些精神的传统或者是良好的特质是不会改变的。就像我为什么做《职人访谈录》，就是希望找到大家的共通性。我相信，对于自己的工作有热情的人会把一件事情做得很好，然后也会感染很多其他人。我也希望这个所谓的共通性能够让下一代也知道，让他们可以顺着这个好的方向去找到自己的路。

王耀庆：就现阶段而言，你有想过做其他的事情吗？

肥仔明：在我过去二十多年打鼓、做音效的职业生涯之中，其实机会每天都在，随时可以选择另外一个工作。我曾经想过，如果我不打鼓、不做舞台音响，那我要做一个大厦管理员，整天坐在那边上网，但是往往接到通告开始工作的时候，就觉得还是打鼓好玩。

王耀庆：上网不好玩吗？

肥仔明：打完鼓再上网吧。

王耀庆：打鼓是一个责任吗？

肥仔明：不是，是那个舞台。不管我是坐在下面完成一些幕后的工作，还是在上面表演，舞台都是一个有魔力的地方。好像这件事情做完之后，你又变成了一个不同的人，这很有趣。当然中间也有很辛苦的地方，打鼓的时候经常汗流浃背，手也软了；做音效的时候，可能白天看一段戏，晚上就要把音效弄好，然后自己又觉得需要更多的变化。"变化"很有趣，我希望一直变下去。

其实我心里还有一个梦想。我过去几年常常到我儿子的学校去教小朋友打鼓，发现他们蛮喜欢跟我玩的。即便是陌生的小朋友，也会走过来抓我的肚子，问我为什么这么胖？小朋友们抓我肚子的时候，我就会假装肚子漏气。我感觉自己对小朋友有一种特别的吸引力，其他家长也这么说。

打鼓是我的一个兴趣，我就在想，可不可以把"打鼓"和"在小朋友面前表演"这两件事结合起来？我太太说，"你可以去当一个小丑"。我有一个好朋友，叫詹瑞文（香港著名喜剧表演大师），他是个很出色的小丑。也许有一天我会去请教他，可不可以教我当一个小丑。你呢，有没有想过将来？

王耀庆：我没有想过做演员以外的工作。当我发现自己是真的喜欢表演，而且好像也还蛮擅长做这件事情之后，我就没有再考虑过其他选择。有人问我要不要开餐厅、开咖啡店；有人因为我常常演一些在办公室里穿西装的角色，就来问我想不想去做商人。我没有这些想法，但是对于未来，我现在的希望是：有我参与的作品，话剧也好，电影也好，电视剧也好，不管角色大小，我希望都能为作品带来一点点不一样的特色，这是我未来努力的一个方向。

番外　录音室体验

肥仔明：今天带你来参观的是香港很有名的监制舒文的工作室。我常常来这里录音。这是控制室。

王耀庆：现在已经没有那种推的控制台了吗？

肥仔明：现在的工作室慢慢都没有了，所有东西都放到电脑里面。以前那些比较大型，后来电脑发展越来越快，就代替了控制盘的位置。里面所有麦收到的声音都会进到这些机器里。每一部的声音都不一样，所以每次都要挑选要用哪一部去录。

王耀庆：打一首歌大概要几轨？这里有十个麦克风，录的时候每个麦克风都对应一条音轨吧？

肥仔明：对。通常会有两只麦用来收鼓跟空间的关系，然后再把其他的合起来，最后就是两轨。我们的耳机分左跟右，怎么把所有麦的声音都放在两轨里面，这就是艺术了。

王耀庆：鼓算多的吗？

肥仔明：鼓应该是最多的。以前鼓其实没有一套的，都是美国军人打的那种小鼓。但战后军队没事做了，他们就想，那不如把这些鼓组合起来，看看一个人能够打多少。

王耀庆：我看你在演唱会上是三套鼓。

肥仔明：对，因为不同的歌可能需要不同的鼓。以前没有踏板的时候是直接用脚踢，后来发明了踏板，再加个鼓槌在上面，就比较方便了。往下踩踏板比较符合人体工学。我见过一些很老的上海乐队，八九十岁的鼓手，他真的在用脚踢，不习惯用踏板。

王耀庆：一场演唱会你要带多少鼓槌？

肥仔明：8 到 10 只吧。长度不同，有一些歌我觉得鼓槌长度长一点，力量会再大一点。

肥仔明：这是监制这么多年来收集的音乐，录音之前通常都会听一下，沟通一下我们要录的这首歌需要哪种感觉，尤其是鼓的部分。

鼓的声音会决定一首歌的风格，所以很多时候都会在这里找灵感。

肥仔明：你要试试去录音吗？

王耀庆：好，我去。

肥仔明：听到鼓声就开始好不好？

王耀庆：价值几百万的录音室当卡拉 OK 用啊！我现在好怕进录音室，配音真的好难。

肥仔明：你配音的时候会听现场同期声的声音配吗？

王耀庆：我常常把现场参考音屏蔽掉，因为它有点干扰我，会不自觉地跟着那个声音走，没办法把注意力集中在自己的声音上面。所以我会先听，大概知道节奏，然后重新再配一个。通常配音不是对嘴吗，荧幕上一开始我就要说，但是我一般会等影像开始之后两三秒开口，然后照着节奏继续，再拜托录音师把它往前调一点点。

真正让他们知道这个作品，被这个作品感动，对这门艺术有兴趣。

这是艰巨的工作，我从来不觉得它简单。

但也就是因为它困难，所以才特别有意义，才值得去做。

CHAP
6

DAVID WANG

×

YUAN-PU CHIAO

王耀庆×焦元溥

YUAN-PU CHIAO

焦元溥

古典音乐推广人、乐评人

1978 年生于台北。15 岁起发表乐评与散文，作品涵盖乐曲研究、诠释讨论、技巧解析、音乐家访问、国际大赛报道与文学创作。自称不务正业的台大政治学系国际关系学士、美国弗莱彻法律与外交学院硕士、大英图书馆爱迪生研究员、伦敦国王学院音乐学博士。

著有《经典 CD 纵横观》《莫扎特音乐 CD 评鉴》《游艺黑白：世界钢琴家访问录》《听见肖邦》《乐之本事》，以及专栏选集《乐来乐想》。担任台湾爱乐乐团"焦点讲座"策划、"20×10 肖邦音乐节"和"Debussy Touch 钢琴音乐节"艺术总监、古典音乐广播节目主持人、音频节目《焦享乐》系列策划与主讲，曾获金钟奖最佳非流行音乐节目奖。

我的古典音乐圆梦人

从来没想过，因为拍摄《职人访谈录》，会遇上生命中的各种奇缘。我记得好像是做到第三集，有一天下午忽然想到，虽然每一集人物和故事不同，但是否可以找出一个贯彻始终的元素放在影片里？我想到配乐，如果《职人访谈录》的所有配乐都能用古典音乐来完成，应该是不错的格局。制作人当然第一时间站出来反对，"我们下一集的内容是北京烤鸭，再下一集是摇滚乐，全部用古典音乐做配乐，是把阳关道走成独木桥了。"一般这种时候，我的那个"别人说不行我就偏要干"的坏习惯，一定会立刻跳出来。虽然我非常坚持，心中当然也是忐忑的，找谁来做古典乐的配乐呢？

隔几天，制作人来信，"或许我们可以试试去问焦元溥老师？"焦元溥是谁？！这可是古典音乐界"大神"级别的人物，15岁开始发表乐评，写了N多本古典音乐奇书，访问过108位钢琴家，策划各种各样的古典音乐演出，还有很重要的一点，"大神"还很年轻。

制作人先飞去台北与焦老师碰面，彼时他刚刚结束金马奖的评审工作。傍晚我接到电话，焦老师欣然接受了配乐的工作，更意外的是，虽然我们未曾谋面，他却抛出一个想法，"耀庆可以来做格里格的《培尔·金特》，这个作品简直是为他量身定做的！"

之后，焦元溥为每一集《职人访谈录》做了精彩的配乐。虽然他在接到"利群烤鸭店"这一集的时候，大叫说，"这让我怎么配呀！《天鹅之死》吗？"不过，大神就是大神，你绝对猜不到他会如何出招：他把雅纳切克（Leos Janacek）和巴托克（Béla Bartók）给了北京胡同里的烤鸭店，把法国作曲家克劳德·柏林（Claude Bolling）的爵士灵魂跟肥仔明的摇滚乐拉在一起，明哥心里那种不为人知的温柔应该也被焦元溥捕捉到了。

交响乐剧《培尔·金特》排练照

我当然也接下了焦老师的任务，这又是另一个故事。焦元溥将易卜生原本九小时的剧本《培尔·金特》，依照格里格为戏剧谱写的音乐顺序，改编成为单人朗诵，以女高音、合唱团、管弦乐团的完整编制，首次以全中文形式演出，难以想象他是如何把挪威文的唱词变成那么幽默、押韵的中文歌词——神乎其技！5月，趁着《培尔·金特》在台北排练，焦老师也终于同意我的访问邀约，成为《职人访谈录》的受访者。

焦元溥是一个活得很慢的人，他把大部分的时间都投注在他感兴趣的事情上面。这其实很难，因为现在大家都有很多事情要做，很容易分心。但是，从知道自己对音乐感兴趣开始，他用了很长时间去证明自己真的对这件事很痴情。

我不敢说我跟"大神"很熟，虽然我们遇在一起聊天的时间越来越长，我对他的认知并没有改变，只是对他未来的计划很惊讶。在这次采访中，我第一次听到他接下来的写作计划，不是用几个月，而是用二十年的时间去完成。所以他的时间过得很慢，但其实也很快。可能他完成第三个计划的时候就已经快60岁了。我非常钦佩这种专注。我们常常会问时间去哪儿了，而焦元溥所有的时间都在他的作品里面。焦元溥是一个已经看到未来的人，他非常明确地知道自己要做什么，我觉得这一点非常值得我们学习。

时间：2018 年 5 月 19 日

地点：台北　古巴娜咖啡馆

10 岁开始与古典音乐的热恋

王耀庆：面对这么一位有料的受访者，我立志要让这一集成为最有肉的一集。

焦元溥：不是因为我胖吗？

王耀庆：我们团队都不瘦啊，有我在，你放心。我本来跟摄影师说，所有拍你的镜头都要从下往上仰拍，这样才能显出"大神"的地位。

焦元溥：你知道我现在为什么要喝咖啡吗？

王耀庆：为什么？

焦元溥：因为看见王耀庆就要喝咖啡。

王耀庆：这什么梗？

焦元溥：这是 20 年前 95% 的台湾人的梦想，今天终于达成了。

王耀庆："再忙，也要跟你喝杯咖啡。"那是我大四毕业拍的广告，说起来已经 22 年了。

焦元溥：所以你大学的时候就已经确定你人生的志向了吗？

王耀庆：没有啊。大学的时候其实还不知道自己想做什么，我只知道自己不想做什么，我不想当业务员，但也不清楚自己未来可以做什么。

焦元溥：你什么时候确定自己要往演戏的方向走？

王耀庆：退伍之后刚好有机会可以开始拍戏，那时候想给自己三年的时间，看看能不能做出一点成绩，如果不行的话，再考虑做别的工作。但是，刚好退伍拍的第一部戏还蛮受欢迎。

焦元溥：《太阳花》吗？

王耀庆：对。过了一年之后，慢慢发现自己真的对表演很有兴趣，也真的喜欢做这件事情。

焦元溥：（狡黠地笑）好了，你现在有没有体会到，你今天做这个访问的艰难？

王耀庆：对，发现了，一开始我就成为了受访者。是因为你扮演访问者这个身份很长时间了吧？

焦元溥：是的。

王耀庆：从什么时候开始的？

焦元溥：2002 年开始。

王耀庆：但是你身为广播电台主持人似乎更早？

焦元溥：那很早了，从我 10 岁开始。

王耀庆：那是？

焦元溥：1888 年，对不起，1988 年。好，大家现在知道我数学很烂了。

王耀庆：1988 年就开始从事广播电台主持人的工作？

焦元溥：那时候我是在一个儿童节目里，节目有主持人，我当主持人的副手。

王耀庆：我以为是学校的广播节目……

焦元溥：没有错，一开始是学校广播节目。我们学校的午餐时间，不知道为什么，不想让学生安心吃饭，要用播音系统来。我记得很清楚，我那时候被派到周四的古典音乐节目。让我做古典音乐节目只有一个原因，因为老师知道我小时候弹钢琴。虽然会弹钢琴和了解古典音乐是两回事，但我是一个很乖的小孩，他们让我去做这个，我就说，"那好吧，但总要给我一点参考的东西吧。"当时教导处有很多录音带，我就借回去听，听了之后发现，有一些曲子一听就入迷了，从那时候才开始真正进入古典音乐的世界。

王耀庆：这是小学四年级的时候？

焦元溥：是，小学四年级。

王耀庆：你是从那个时候开始，因为有了兴趣，所以 10 岁就一头栽进古典乐的世界里了吗？

焦元溥：可以这样说。我小时候还有很多不同的兴趣，比方说对自然科学很感兴趣，在家里买了一堆烧杯、试管，把硼砂加到酒精里弄出绿色的火，再把其他什么东西放进去变成紫色的火。我也收集很多植物标本，还喜欢收集矿石。

王耀庆：后来呢？

焦元溥：我没有再继续做化学实验，也没有继续收集动植物、矿石标本。我觉得跟升学制度有关系吧，也不知道是好事还是坏事。如果没有这样一个升学制度，就不用花那么多时间在准备考试上，可能兴趣还会继续发展。回想起来，只有音乐和阅读是从小到大一直持续的兴趣。特别是音乐，可以说从 10 岁这个兴趣被点燃开始，过了三十年到现在，越来越热烈。

人生应该做一些自发性快乐的事情

王耀庆：如果是一名运动员，他可能每天要花很多的时间训练，那身为一名古典音乐爱好者，而且是职业的古典音乐评论人，你每天大概花多长时间听音乐呢？

焦元溥：这对我来讲是一个比较难回答的问题，因为我现在变得比较工作导向。比如说我有两个广播节目，一个星期总共要做六集，为了节目我要听音乐，选择适合的内容。我会给自己特别设置一些挑战，比如每个星期二我几乎都放 1940 年以后的音乐，星期三放一般人不会听到的音乐。

王耀庆：现在这类节目还有吗？

焦元溥：还有啊，在台中古典音乐台跟台北 Bravo 电台。我特别放这两个单元就是逼自己一定要介绍新的作品。新的作品没有听过，那必须要听。还有就是冷门曲目，一种是出自大作曲家但是你从来没有听过的曲子，另外一种就是真的连名字都没有听过的作曲家。一年 52 个星期，我做这些节目出来，就是要找这些资料。所以我去唱片行的时候，每次至少要带一两张 CD，都是我完全没有听过的曲子，或者根本没听过的作曲家。

王耀庆： 从 10 岁做古典音乐广播节目到现在，你有没有收到过一些对你产生影响的观众反馈？听众有没有一些改变？

焦元溥： 在音频节目的最后都有开放听众交流，大家可以提各式各样的问题，我从中大概可以知道一些听众的想法。有时候做一个节目出来，专业人士的反馈跟一般听众的反馈是很不一样的。如果我想要很清楚地传达一个概念，但听众感觉解读很模棱两可，这样的话我就会自我检讨了，改变一下自己的讲话方式、写作方式。比方说我在写《乐之本事》的时候，每写完一个章节都会给六七个朋友看，如果大家读出来是差不多的意思，那我会比较放心。如果大家读出来意思差太多，我就会修改。我希望我的意见能够更清楚地传达给大多数读者，这是一个作者对自己的要求。

王耀庆： 你有没有观察过，有哪一个瞬间会使你感觉你的听众跟你一样喜欢古典音乐？

焦元溥： 从台上演出者的角度来看，"观众的反应"是一个非常微妙的东西，真的不需要语言或文字就可以感受到。比方说 2018 年3 月在香港大学的演出，虽然这样讲有点不好意思，可是我真的觉得这场演出非常成功。不只是我，台上另外三位演出者也觉得非常成功。并不是底下的观众在网络上留言告诉我们，或者在台下举牌说这好成功；而是在谢幕的时候，观众那种专注的掌声，你感受得到。台上这些演出者也是身经百战了，有那么多演出经验，可是那一场很奇怪，因为感觉成功而兴奋得不想睡觉，到凌晨三四点才睡。那场大家都有一个很强烈的感觉，观众真的很专心，真的听进去了，并且真的喜欢我们的演出。

王耀庆： 从掌声里面听到了观众的情感和不由自主的热情？

焦元溥： 对，很神奇的感觉。光打在台上，我们往下看，只看到一片白色的光，看不到人，但就是有一个氛围。表演的时候观众席同样是安静，是很专心的安静还是睡着了的安静，在台上感觉得出来（笑），气场不一样，很有趣。我觉得仅仅是台上台下的反应对我们来讲就已经足够了，这就是支撑下一场演出的动力。

王耀庆： 你大学本科和硕士的专业都跟音乐相关吗？

焦元溥： 台大政治系国际关系专业和弗莱彻法律与外交专业。

王耀庆： 这跟音乐有什么关系？

焦元溥： 有啊，因为国际关系最主要是外交，音乐跟外交都是用艺术性的方式和人沟通。

王耀庆： 这是你的硕士论文？

焦元溥： 对，我论文的主题是"冷战时期美苏之间的音乐外交"。我博士读的是音乐学，在伦敦国王学院，最后还是跟音乐有关。

王耀庆： 但是为什么选到台大政治系？

焦元溥： 因为想要考法律系没有考上，第二志愿就是政治系。

王耀庆： 可你那么喜欢音乐，应该填音乐系。

焦元溥： 我从小到大兴趣非常多，高中的时候我只能说我不想要什么，比如填志愿的时候我没有填任何商学院，因为这完全不在我的兴趣里面。我填的是法律、政治、社会、历史，另外还可以学外文、文学。那时候没有觉得音乐就是唯一，还有很多的可能。后来才慢慢发现，你钻研的东西要越来越深，但是你的才智只有这么一点，时间只有这么一点，如果真的要专精，那我还是选择音乐。

王耀庆：所以大学跟硕士其实是选择阶段，最后选择念音乐学博士，还是遵从了自己心里面的渴望。

焦元溥：对。举个例子，读国际关系，如果你一天不花两三个小时看各国报纸，那两个星期就跟国际脱节了。每天花两到三小时读新闻，我说服自己这是为了维持我的主修专业必须要下的功夫，可是我发现，我并不需要说服自己就可以每天花两三个小时以上的时间听音乐，是很自然地做这件事情，而且做得非常快乐。既然这样，那就应该把音乐当专业对不对？！花五六个小时也不觉得是被迫，也不会是因为责任感。人生应该做一些自发性快乐的事情。

音符并不代表音乐

王耀庆：那你在读法律和政治期间都没有离开音乐？

焦元溥：没有，应该说音乐是我从小一直在听、在学习的，只是大学的时候我多学了其他东西。要读博士的时候，我觉得人生时间有限，应该专精，所以原来多学的东西就没有继续学了。

我有一个朋友从高中开始就非常喜欢烹饪，他可能大学读的是其他专业，但是一直有烹饪的技术。到了人生的某个时刻，他发觉自己真的想当厨师。当然，厨师不容易，做菜是一回事，经营餐厅是另外一回事，需要另外一种技能。而且不太可能是白天上班做其他事情，晚上下班了再弄个餐厅，而是需要一个全盘的规划跟考量，所以他专门去学。他之前就有这个技术，只是最后要用更加专精的方式达成他想要做的事情。另一位朋友也是这样，大学读完再重新去读艺术大学，学习服装设计。原来读大学的时候，他就已经在做衣服了，有的已经被生产拿去卖了。只是后来读完大学，他觉得自己不想进入金融业，而是想做服装设计，所以他就继续读另外一个大学，重新学习服装设计。我觉得我的例子也是这样。

我一直希望大家可以学更多不同的东西。我大学读法律的时候，记得教授在课堂上讲过一句话，我觉得非常重要，他说未来制定与生物科技相关的法律条文，最好的方式不是请法律专家跟生物专家在一起开会讨论，而是找同时学过法律和生物的人，他看到的东西要比讨论出来的多。也有人大学读医学系，后来对医学没有兴趣，反而对医疗纠纷很有兴趣，所以硕士开始读法律，当你有医生的背景再去学法律，从事这方面的案件就比只学过法律的人专业得多。

一个人的脑子里面有不同的东西互相冲撞，激发出很多东西来，这个非常有趣。比方说希腊作曲家泽纳基斯（Iannis Xenakis），他原来在建筑事务所工作，是一位建筑师。后来他把非常多的建筑概念用在音乐里面，当然会非常特别。也因为这样，他写出的作品非常独特。也有的作曲家数学非常好，我认识一位钢琴家，学生时代一直在读天文物理学和成为钢琴演奏家之间挣扎，后来因为参加一个国际钢琴比赛得到冠军，他就决定做钢琴演奏家。同时他的脑袋里面有天文物理的知识，他会自然地把这些东西反映在他的音乐里。只看谱子上的音符是非常狭窄的，音符并不代表着音乐。比如德彪西由爱伦·坡小说《厄舍府的倒塌》（*The Fall of the House of Usher*）改编而未完成的同名歌剧，如果你要了解这个作品，就需要了解爱伦·坡，了解这个小说，了解那个时代背景，研究一圈之后会发现，这个音乐的背后是非常丰富的。我们今天演奏乐曲，不是说把这些音符都演奏出来就好了。一个弱音要怎么样表现？德彪西的弱音和贝多芬的弱音是一样的吗？当然不一样，那是为什么？时代不一样，他们在作品中表达的东西也不一样，要怎样抓到这个氛围？所以要做非常多的功课，才能够了解一个作品。我觉得作为一名称职的音乐家，必须要做到这些。

古典音乐的懂与不懂

王耀庆：大多数人，包括我，对于古典乐一开始真的觉得听不懂。它到底好听在哪里？它到底有什么样的规律？大家平时说到古典乐，都是贝多芬、肖邦这些比较大的名字，但是现在我想请你——一位研究了三十余年古典乐的"大神"来告诉我们，古典音乐要怎么入门？怎样可以听得懂？

焦元溥：你问我这个问题，可见你觉得我应该可以听懂它。

王耀庆：嗯。

焦元溥：但你哪里来的信心，认为我听得懂呢？

王耀庆：可是你都已经研究三十多年了。

焦元溥：我访问过一位年近九旬的钢琴演奏家，上个星期在上海开了一场德彪西的演奏会。对于这位比我大 50 岁的大师来讲，他可能在六十年前就已经研究过德彪西的曲子了，但是他还在持续演奏，还是有新发现。如果 90 岁的时候还有新发现，那 89 岁的他对这个曲子就还是不够懂得。所以我的意思是说，这些作品之所以可以让我们花那么多时间去钻研，就是因为它真的比我们想象的要丰富。

我们在每一个人生阶段都可以用自己的方式去了解它，但这不会有一个固定的答案，否则这个曲子就死了。如果有固定答案，90岁的人把他七八十岁的心得、五六十岁的心得，甚至二三十岁的心得再拿出来重复，这是很无聊的事情，而无聊不见得能够支持他们在舞台上演奏。他90岁还能演奏，我相信是因为他在每个阶段研究作品时都看到了新的东西。所以我觉得听众朋友们真的不要害怕听不懂，当然，台上的演奏者必须要有信心——这个曲子能够说服我自己，而我把我的感受、想法和对这个曲子的了解呈现给大家。但是，我觉得应该没有一个人会宣称："本人对这些曲子完全了解，我的演奏就是真理。"

王耀庆： 如果说一首曲子是一个命题，对于这样的一个题目，不同境遇的人以不同的人生经历去感知这个命题，然后呈现给大家。包括听众，他在人生的哪一个阶段，他能够听到什么，其实就是当下的那个理解。

焦元溥： 是这样的，这也是欣赏艺术最有趣的地方。读一本书和听一首曲子是一样的，20岁读，30岁读，40岁读，一定会有不一样的感想。同一本书，30岁再读的时候，可能你觉得自己已经忘了20岁时的心得了，但我觉得它们都在潜意识里，再读会召唤出那些心得，40岁再读也是这个样子。这样阅读才是一个不断丰富的过程。为什么我以前看这本书没有注意到这个句子？或者以前读这个句子、这个桥段的时候，不知道作家为什么要这么写，但是可能到50岁的时候才理解了这样的感受。音乐也是这个样子。

很多人所谓的"懂"，是指自己能听出主题、结构，听出这个是第一乐章第一主题，很多人觉得听出这些才叫作听懂。但我自己不这样想，因为这真的只是非常结构性的东西，就像我们读书一样，你认识每一个字，能把每个字读出来，并不表示你能够理解这个句子的意涵，句子的意涵是我们要随着时间变化去体会的。我相信对于所有的作曲者而言，对于演奏者而言，他要非常清楚第一主题、第二主题、发展部、再现部，那是放在他自己头脑里面的，是他对这个曲子的脉络和感想，保证他不会在演奏的时候迷路。但是听众听到什么并不是结构告诉你的，如果结构可以告诉你的话，那把结构弄出来大家就已经晓得了。我常用一个比方：我了解你的最好方法，就是像我们现在这样聊天，而不是用刀叉把你解剖。

三百年前不是很好的作品，在当下还会有价值吗？

王耀庆： 我想知道你怎么看待古典跟经典。通常我会认为经典是能够经受时间考验的。然而，二百年前的曲子经过那么长时间保存了下来，即便是那时的知名作曲家，也不见得这些古典都必然能够成为经典。

焦元溥： 一点没有错，不是说一个古老的东西就必然是好的。中文世界里面有这么多的诗词，但每一首以前的诗都是好的吗？并不尽然。有一些以前的东西，现在大家非常喜欢，其实它不见得有那么好；有一些以前的东西很好，但现在没那么有名，可能因为大家鉴赏力还不够，也可能是因为其他因缘际会。对于我来讲，我很努力地希望把那些好的东西分享给大家，无论有名还是没名。但是还有一个因素，就是我们对于这些作品的看法。三百年前不是很好的作品，可能三百年后它突然能够跟现代人沟通，那么它就有了当下的价值。还有一种，就是三百年前来看不是很好的作品，三百年后来看也不是特别好的作品，可是我偏偏就是喜欢，假如我是演奏者的话，那我就要用自己的力量让它变好。

我举一个例子，莫扎特的《安魂曲》，因为他没有写完，所以最后的部分是他的助手绪斯迈尔帮他补完的。其实还有其他人补充的很多版本，但绪斯迈尔的版本目前演奏得最多。就这个版本来讲，你真的不需要是古典音乐的专家就可以听出差异，你会觉得前面写得这么精彩，然而到后来，即使你听不出绪斯迈尔的曲子里有错误，也会觉得结尾像是从天上掉到地下。但是，两年前我听过一场非常精彩、非常感人的现场演出，但最让我感动的地方居然不是莫扎特写的部分，而是绪斯迈尔的部分。原因是，我可以听到指挥、乐团和合唱团非常努力，要把这么平庸的东西用他们的方式演奏好。我可以听得到那个努力，那个努力让音乐变得感人。绪斯迈尔也写歌剧，但他的作品没有人演出，唯一能听到他的地方就是在莫扎特的《安魂曲》里。所以我觉得音乐是蛮多样的，你一旦相信它，你就能够为它做出什么东西来。

很多演奏家都是这样。这么多音乐作品你要演奏什么？音乐家的判断通常是，这个作品要先能够说服我，我要对它有感觉，我才能够演奏给别人听。最糟糕的情况是这个曲子很红，你又想要效果，所以虽然对它没有什么感情，但还是要演奏它，这种演奏通常不会好。音乐不会骗人，音乐里面是诚实还是虚假，一听就可以听得出来。就像你接到一个角色，有时候即使是作品本身很精彩，你也不见得能够完全接受。但当你真的想要演这个角色的时候，你就一定会找出办法说服自己，或者找到一个跟它沟通的方式，然后才能用角色跟其他人沟通。这跟音乐家一样，一首曲子有85%的地方跟我有共鸣，可是 15% 对我来讲是个谜，而大家解谜的方式各有不同。

王耀庆：所以这是一个欣赏和理解的过程。

焦元溥：是。

王耀庆：对于现在的人来说，三百年前的音乐是所谓的古典音乐。那我们现在创造出来的所谓流行乐，对于三百年后的人米说，也会是古典音乐吗？

焦元溥：如果三百年后人类文明还在的话，我们现在创造出来的音乐能否流传下去，也是看作品。我觉得流行音乐是一个比较有趣的范畴。因为 21 世纪是人类音乐史上音乐分类最多的时代，以前没有像这样的流行音乐，那时候所谓的大众流行音乐比较像是歌剧。巴赫过世之后为什么没有人演奏他的曲子了？因为巴赫死了，他的儿子辈要演奏的不是他的作品，而是自己的作品。小室哲哉下一辈的人会怎么样呢？后来人会演奏小室哲哉的作品吗？安室奈美惠唱他的歌，是在演唱会里向前辈致敬，放了一小段，可她还是有自己的作品。

王耀庆：人越来越多，作品也越来越多。

焦元溥：所以我觉得要打个问号，不是说作品不好，而是在流行音乐里面，大家都要往前走。也许有一天张惠妹会在演唱会上唱一首邓丽君，向前辈致敬，纪念她逝世多少年，但很难想象张惠妹全场唱邓丽君的歌，因为她也要唱自己的歌。当代的作曲家如果都演绎前辈的作品，自己没有作品发表，那他自己存在的意义是什么呢？所以流行乐的市场会变得非常多元，三百年后这些音乐会不会存在？存在的话，以什么样的方式存在？是以CD的方式存在，还是被不断地翻唱？因为有声录音是1887年才有的，电气化录音之后唱片才开始普及。所以这是个好问题，人类历史上第一次出现这个问题，真的要未来才能知道会怎样。

王耀庆：刚才说到翻唱，特别有意思，现在流行音乐里，写歌的人给别人写了一首歌，之后又拿回来自己重新编曲、翻唱，新的版本又开始流行。古典乐里面会有这样的情况吗？

焦元溥：重新编曲就是再创作，再诠释。比如说巴赫的《哥德堡变奏曲》，以前没有那么多人弹，可是出现一个格伦·古尔德（Glenn Gould，加拿大钢琴家），弹得跟别人都不一样，一下就震惊了世界。一方面古尔德有他看待音乐的方式，另一方面巴赫这个曲子其实也蕴含了这个潜能——它可以被演奏成这个样子，并且一样不会丧失其意涵和生命力。古尔德在去世之前又录了一个版本，跟第一个版本也有非常大的不同，说明巴赫这个曲子同一个人诠释都可以有很大的变化。《哥德堡变奏曲》到现在有好几百个版本了，大家还听不腻，而是乐见它原来有这么多的可能。古典音乐的表现方式更多在于诠释，可以有新的见解。奈吉尔·肯尼迪（Nigel Kennedy，英国小提琴家）录了维瓦尔第的小提琴协奏曲《四季》，也是一样，卖了大概几百万张唱片。

推广不是把美好与深奥降格，而是找到听众可以接受的方式

王耀庆：你做了很多文学跟音乐结合的事情，刚刚也说阅读和音乐是你长久以来从未间断的习惯或兴趣。我之前在香港大学听过你的讲座，你现在也还在持续做讲座，从文学作品中找到里面使用的古典乐，并且去理解作者为什么使用这个音乐片段，如何与作者的作品相结合。除了听以外，这是另外一种让大家理解和欣赏音乐的方式吗？

焦元溥：这可能有两个面向。第一个面向就是我希望更多读者能够因此来听音乐，也希望很多听音乐的人能够变成读者。我希望可以做到这样的事情。第二个面向是，我觉得特别是现在，大家越来越把音乐，尤其古典音乐，当成一种非常专门的爱好，而不是一种普遍的爱好。

王耀庆：现在大家爱好的应该是流行音乐。

焦元溥：对。人们讲到古典音乐就觉得好高深，很多对音乐的讨论方法也开始变得高深，使大家不能自在地讨论它。我之所以做这样一个系列，是希望让大家知道，从古至今有这么多作家在作品里用到音乐这个素材，不是因为他们想要摆出一副"我很高深"的架子让读者膜拜。我在互联网上搜集资讯的时候，经常看到"村上春树小说里写到这么多爵士乐、古典音乐可能要塑造一个什么样子吧？！"类似的话，就好像这些音乐作品都是家具、壁纸，作者选择用什么家具、贴什么壁纸，然后把房子布置成什么样子，但我不觉得是这样。音乐当然也可以是家具或壁纸，为作品提供一个氛围，但在这个氛围之内，作者本身对音乐是有鉴赏的，把音乐写在作品里面，为什么用这段音乐？同样是贝多芬的曲子，为什么作家写这首而不写那首，原因是什么？

我的分析也并非是特别学理式的，我想要表达的意思是，这些音乐是作者生活的一部分，他很自然地把它们写在作品里面。如果一位作者非常爱吃，他的小说里面到处出现食物，读者可能不会觉得怎样，可是为什么一提到音乐，大家就觉得非常高深呢？我希望通过这些演讲让大家可以了解，其实你欣赏一件衣服跟我欣赏音乐是相同的态度，我是用相同的态度把它写进作品里的。比如村上春树最新的小说《刺杀骑士团长》，对我造成阅读困难的是，他写了很多种类的汽车，而我对汽车真的一无所知，除了几个大牌之外，我完全不认识。所以我看到小说里谁开什么车到什么地方，我就会想，他把车的名字这样写出来一定有它的意义吧！

　　王耀庆：可这对于一个不懂车的人来说就是阅读障碍。

　　焦元溥：但是我不知道汽车品牌会不会妨碍我读这部小说呢？一点也不会。就像《刺杀骑士团长》里面也提到莫扎特、舒伯特、施特劳斯的曲子，你不知道这些曲子会不会对你阅读这部小说造成妨碍呢？

　　王耀庆：即便不了解，也不会造成任何障碍。

　　焦元溥：是的，我觉得这是杰出的文学家、小说家应该做到的。假如我读一本小说，需要先知道里面引用的所有古典音乐，或者日本绘画，或者各种汽车型号，那对不起，这是一本很烂的小说，因为作者没有办法通过文字用自己的本领说故事。从这些东西中当然可以看出更丰富的含义，因为如果它们对作者没有意义的话，那就不该出现在小说里。但是，不了解这些东西也并不影响读者阅读。

　　王耀庆：所以古典乐的重点是它要诉说的那个情感或想法，我们可以不用去理解结构或者乐理上是不是和谐，重点是你听到的感觉是什么。

　　焦元溥：我觉得非常重要的是用自己的方法去听，当然会有不同的方式。如果是我，认识一个曲子当然各方面都要了解清楚。但对于欣赏者来讲，这不是他必须要做到的事情。这就像导演一定对自己的戏剧非常理解，可是观众并不是看完剧马上就能记住所有台词，把握所有结构。我觉得现在有点混淆，因为观众常常觉得自己要研读过剧本才能欣赏，觉得这是必备的工作。但我不认为创作者会觉得这是欣赏者的必要条件，如果是这样子，那门槛也太高了。

王耀庆：在传播学中有一个我觉得非常好的理论：当创作者完成一个作品之后，这个作品其实已经不属于他，而是属于受众了。就是说，读者、观众、听众怎么去理解这个作品，这个作品就会成为他们理解的那个样子。

焦元溥：对于音乐来说，越丰富的解读表示它是越杰出的作品。如果一个作品只有一种解读方式，虽然这种解读可能还不错，但它就不那么耐听了，因为它只有一种诠释的可能。说到文字，再好的写作者都没有办法通过文字把自己的想法百分之百地传达出去，也没有办法阻止读者从文字里读到不是作者所想的东西。这也就是你刚才说，作品出来之后，它已经不专属于我了。那对我来讲，写作上面的考验就会是，如果我的想法非常明确，不希望读者读出其他意思，那我要想办法让文字看起来非常清楚。

王耀庆：就你目前的感受，在古典音乐领域，有什么对待古典乐的方式是你特别不认同的吗？

焦元溥：我不认同的事情如果要讲，可能要给我八个小时。在有限的时间里，我就讲两件事情。第一，我觉得我们对于所有事情的推广都要有一个认知，就是说精致艺术的推广本来就比较困难，可能要花费三十年的时间才能够有一点点的成果。就像林怀民老师说的，我们花了三十年的时间才能让一小部分观众在看云门舞蹈的时候不随意拍照，不随意地发出怪声。这是你心理上需要知道的，不是说花五年时间就能够影响到数十万人，这个预设是错误的。你要有心理准备，才不会太失望，也不会太好高骛远，觉得我现在有名了，就可以一呼百应、风行朝野，没有这种事情。

第二，我们要去思考推介给大家的是什么东西。推广，最难做到的就是深入浅出，而这正是推广人的工作。所谓深入浅出，浅出很难，但更难的是深入。我们不是把一个很精深的东西用非常浅薄粗糙的方式让大家认识，而是希望用一个大家能够接受的方式了解它的深奥跟精彩，这个深奥跟精彩是不能打折扣的。我看到很多人介绍古典乐时会告诉别人说，这个曲子没有你想象的那么复杂深奥，特别是歌剧常常这样介绍，比如说《卡门》就像你在电视剧里看到的那些女人的故事。如果真是这个样子，那大家去看一些粗制滥造的电视剧就好了，为什么还要花钱来剧院看歌剧呢？这表明这些歌剧里还是有一些东西能打动我们，让我们觉得值得花时间和精力去欣赏。我在讲古典音乐的时候，希望把这个作品的特殊和优点用深入浅出的方式传达出来。它很难，没错，对于讲的人非常困难，对于写的人也非常困难。因为难，所以可能你找不到好的方法，讲了很多次听的人还觉得它难以亲近。但是一旦你成功了，这就是真正的成功——听众领略到这个作品的美、精彩和独特之处，而不是我们把美好的东西降格化。降格化的做法也许可以得到某段时间的某一批听众，但因为你把它降格了，所以这些人也不会持久。

王耀庆：所以你希望带着观众跟你一起深入？

焦元溥：最重要的是深入浅出。我举一个例子吧，数年前电影跟电视剧《交响情人梦》非常流行，很多人说这部影视作品帮助了古典音乐的推广。这没有错，我对于这个影视作品没有任何负面的评价，但我要讲的是，推广并没有这么简单。在电影跟电视剧当红的时候，只要音乐会里演奏与《交响情人梦》有关的作品——贝多芬《第七号交响曲》、拉赫玛尼诺夫《第二钢琴协奏曲》——就会爆满，票一下子就卖完了。大家说，你看这对古典音乐推广多么有帮助。好了，十年过后，现在再演这些曲子，还会有那么多观众吗？没有，情况还是回到原点，或者是仅仅增加了百分之一的听众。

当年那些听众不是为了贝多芬，不是为了拉赫玛尼诺夫来的音乐会，他是为了《交响情人梦》来的。而当这个风潮过去之后，这些人就不见了，他们不会成为古典音乐真正的受众。这就是为什么我说可能花三十年的时间能够增加百分之三到五的听众就已经很多了。如果我的一生都要做古典乐推广这件事情，那是把时间分割成小段落，通过一个个《交响情人梦》这样的作品来不断吸引一次性的听众，还是宁可花三四十年的时间，虽然我得到的观众很少，但他们都是真实的、能够长期累积下去的观众。我想我愿意做后者：真正让他们知道这个作品，被这个作品感动，对这门艺术有兴趣。这是艰巨的工作，我从来不觉得它简单。但也就是因为它困难，所以才特别有意义，才值得去做。

王耀庆：您对于古典音乐在华语地区的发展是持乐观态度还是悲观态度？

焦元溥：我不允许悲观的态度。如果态度悲观，那聪明的做法应该是现在停止，但是我也不会很乐观。应该说到了这个年纪，我变得比较自私，就是我会对自己的作品比较有兴趣。比如我下一部书计划写歌剧，这个书卖得好或不好，出版社可能会在乎，我没有那么在乎。因为如果它够好，那就算在我这个时代卖得不好，但可能十年之后时代变了，读者看到这本书够好，他们自己就会找到它。至于未来怎么发展，有的时候还真不是我能够预料的，我也没有办法让一个无法预料的未来影响我现在想要做的事情。

音乐是给那些没有音乐不能活的人来学的

王耀庆：对于今天这个访谈，我其实很忐忑，因为我面对的是一位访谈界的前辈。此前你出过一本钢琴家访谈录，是什么时候想要访问钢琴家的？

焦元溥：书是 2007 年的时候出的，访问了 55 位钢琴家。

王耀庆：访问钢琴家是因为你小时候就弹钢琴吗？

焦元溥：不是。我原来最多的工作是唱片评论，同一首曲子，我可能要听一百个人的演奏。比方说到某一段，为什么这个人弹的跟乐谱上面的东西很不一样？乐谱上面明明写的要快，他为什么放慢速度？而且可能还不只一个人这样做，是有一批同一属性的人这样做，例如来自于同一地区或者是同一位老师的学生。

王耀庆：同一个流派？

焦元溥：对。我自己实在想不明白他们为什么这么做。其中的道理显然不是我能够从阅读乐谱里面得到的。所以我就想，如果这些人还活着，那我就直接去问他们嘛！

王耀庆：所以就开始访问了？

焦元溥：是，从 2002 年开始。

王耀庆：听说现在越来越多？

焦元溥：现在到 108 位。

王耀庆：这么多钢琴家访问里面，有特别难忘的经历吗？或者有特别艰难的访问吗？

焦元溥：有很多很难的访问。有一些钢琴家非常能言善道，他用语言表达自己的能力跟用音乐表达自己的能力一样强。但是很多音乐家是用音乐来表现自己，而不是用语言跟文字。你问他贝多芬怎么样，经常遇到的答案是很伟大、很深邃，这样的访问是写不出来的。所以我不会去问这么空泛的问题，而是要做非常多的准备功课。有些人可以问大问题，你问他肖邦怎样，他给你讲十五分钟，自己都分析好了，很厉害。但有些人没办法这样讲，这时关于访问者的事前准备就非常重要，你可以说："为什么你在肖邦第四套叙事曲第二主题做了这样一个处理？你心里在想些什么？"要问非常明确的问题，因为明确的问题一定会得到具体的回答。接下来就可以问，"你在这里做这样的处理，那其他地方呢？""从这个地方可以看到肖邦的什么个性？"借由这个切口，他可以接下去讲其他东西。还有些时候钢琴家就是照谱弹，没有什么新意，或者新意不在乐谱上面。那你就要自己去听，找出可以切入的问题。如果这样还不行，那就真没有办法了。不过还好，我没有遇到这样子的人。

王耀庆：你刚才说访问钢琴家是出于好奇，那好奇对于你来说是什么？是不是好奇会定性一个人的发展方向甚至是职业？

焦元溥：可以说是。我觉得好奇非常重要，因为有了好奇你就会想要探索更多。对于有兴趣的事情、有热情的事情，我当然充满了好奇，这是一种不满足吧。你知道了一些事情，但是你还是会进一步提问："只有这样子吗？会不会有更多的可能性或者更多的面向存在？"因为有好奇，你的工作才能够有进一步发展的可能。如果演奏者对于这个作品没有那么强烈的好奇心，他想说的话在一次表演里都说完了，那可能过了一两年之后，再去演奏它只是因为这个曲子很讨观众喜欢。这种演出不会很长久，因为演奏家是为了别人而演奏。有的作品好像一直有话可说，每隔一段时间再弹都有新的发现。

王耀庆：那要怎样保持这个好奇心呢？

焦元溥：说实话，我还真的不知道。有一些人对他喜爱的事情会有好奇心，但很多人可能对什么事情都没有好奇心，这个也没有办法。我最近访问一位钢琴家，他提到音乐界最糟糕的情况就是不该学音乐的人太多了。你可能从演奏技术开始学起，但到了十七八岁发觉自己只能学这个，对音乐没有热情，没有好奇心，既然如此那干吗要学呢？我可以想象有一些科目不需要那么强烈的热情，只需要学到一项技术。但是学音乐没有热情，我没办法想象。通常的情况是，老师教你一个乐句，先怎么强，后怎么弱，这个音要亮一点，这个音要暗一点，这跟曲子的情感想法是有关系的。如果学生对曲子完全没有情感、没有想法，他只是听老师的话，那要怎么继续下去呢？所以我理解老师的心态：我教你四年，可是我没有办法教你音乐，只能教你曲子；你学不到音乐，只学到曲子，甚至曲子也是被老师逼出的一个轮廓形状，那何必呢？人生还很长，你可以做其他的事情，大家不需要在这个地方彼此折磨，彼此浪费。

王耀庆：所以音乐需要积极去感受。

焦元溥：但很多人真的没有想法。其实在其他学科里也有一样的情况。老师问学生，硕士论文你要写什么题目，你对什么方向有好奇心？学生回答说不知道。那怎么办？通常很多学生会跟老师说，你给我一个题目我来写。可那是老师的好奇，不是你的好奇。我自己学法律、学政治、学音乐的时候还都蛮快乐的，因为我有想要解决的题目。

王耀庆：这会和年龄有关系吗？还是说这是一个探索的过程？

焦元溥：可能有，可能没有。但追根究底，问题是你为什么要学习，你学这个要做什么。如果不知道，你可以大学毕业之后就工作。就业其实是一件很好的事情，因为在学校里你不知道问题是什么，而你在工作当中会面临实际的问题。但是很多人一路学上去，大学完了之后不知道做什么，于是就去读硕士，这样子会非常辛苦。不只是音乐方面，我们在各个领域中都会看到这样的情况。我曾经在 YouTube 上面看到一个影片，是法国音乐教学大师娜迪亚·布朗热（Nadia Boulanger）选择她要教什么样的学生。她问学生一句话："如果没有音乐你能不能活？"如果学生的答案是没有音乐我可以活，那她就说请你不要来学音乐；如果学生说没有音乐不能活，她就说好吧，你继续来学音乐吧。她觉得音乐是给那些没有音乐不能活的人来学的。但是对于没有音乐还可以继续活下去的人，她充满了祝福：太好了，你还有很多其他事情可以做。

王耀庆：我的《职人访谈录》里有一个固定问题，就是如果你认定音乐是你的职业，那么你觉得音乐对你而言是什么？

焦元溥：对我而言是什么？这个有一点难回答，就像空气跟水对我来讲是什么，这不是一个很好回答的问题。但是我有想过，我也有准备好，万一我的人生没有了音乐会是什么样子。我当然希望这个事情不会发生，但如果我听不见了，我会因此而发疯吗？很多人可能会说音乐是他的第二生命，可是假如我真的听不到声音，我发现我还是可以开心地读文学作品，并在头脑中回忆听过的音乐。不会因为耳聋就去自杀，我会多读小说、多读诗，还是能找到自由生活之道。但请不要问"万一你眼睛也瞎掉会怎样"，我还没有想过这个问题。

王耀庆：这是因为你从文字里面读到了音乐性？

焦元溥：有啊。米兰·昆德拉写过一篇文章讨论为什么他的小说有六七个章节，后来发现跟贝多芬晚期的弦乐四重奏非常相像，他也不知道为什么。结构本身确实有一种音乐性在，文字本身的韵律也是一种音乐性的存在。

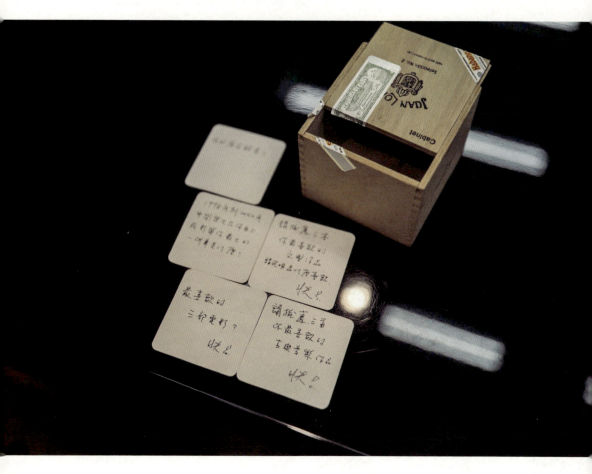

五个问题之王耀庆 to 焦元溥

1. 你的座右铭是？
2. 1998 年到 2000 年中间，发生在你身上，影响你最大的一件事是什么？
3. 最喜欢的三部电影？快！
4. 请推荐三本你最喜欢的文学作品，并说明为什么喜欢。快！
5. 请推荐三首你最喜欢的古典音乐作品。快！

五个问题之焦元溥 to 王耀庆

1. 当你发现，张艾嘉要在戏里演你的女儿，你会……
2. 舞台演出时有小孩大声不停哭闹，你会？
3. 戏很多但钱很少，又不得不接，你会？
4. 走在街上被影迷认出，合照签名之后，影迷发现自己认错人，说："啊！你不是某某某啊！"你会？
5. 导演把你拍得很丑的时候，你会？

番外 《乐读福斯特》讲座音乐会排练探访

焦元溥： 这个表演需要钢琴从头弹到尾。

王耀庆： 始终不下台？

焦元溥： 我讲话的时候音乐家会到后台休息，但是今天任务繁重。

许惠品： 他的专场没有不繁重的。

王耀庆： 总是喜欢出难题给大家，这已经有好几年了吧？

许惠品： 对，非常多年了。

焦元溥： 你们倒是聊起来了。

王耀庆： 为什么总是要指派繁重的任务挑战大家的极限呢？

焦元溥： 因为都不是我做。是我自己做的话，我就不会给自己弄这些东西了。

王耀庆： 你觉得焦老师是一个什么样的人？

许惠品： 我觉得他是一个非常诚恳但也极度狡猾的人。

王耀庆： 极度诚恳但狡猾……你是双子座？

焦元溥： 差一点，金牛座。

许惠品： 他对朋友真是百分之百地诚恳，做学问也很诚恳。

王耀庆：但是其他的部分就很狡猾。

许惠品：例如整钢琴家这件事情。

王耀庆：不光是钢琴家有这样的反应，声乐、小提琴、长笛……

许惠品：对，刚才你应该听到了千佳（长笛演奏家）的哀嚎。

王耀庆：还没有。

焦元溥：太可惜了，她已经气死了。

许惠品：对，已经走了。

王耀庆：面对这样"狡猾"的要求，你通常是什么反应？"他又来了！""每次都这样！"

许惠品：对，刚开始就是这样，后来诚心地接受。

王耀庆：诚心接受？

许惠品：对，我觉得就是那种吃药的感觉。这是为我好，我要吃下去，吃下去我就可以修炼了。

王耀庆：大家真是有一种自我疗愈的精神。

许惠品：也不是。就像选曲这种事情，刚开始看到的时候会非常生气，因为太难了。但其实自己心里面也知道他为什么选择这样的东西，知道这个是高难度但也是非常有深度的东西。他千辛万苦、呕心沥血选出来的作品，我就觉得要跟他一起完成。

焦元溥：不过呢，这个还不是我开过最难的。明年有一场曲目更加困难，但是听说某人也非常勇敢地要接那场曲目。所以如果你明年再来访问我们的话，可能会得到非常不一样的答案。

许惠品：明年吗？去年不是也有一场整死我不偿命的吗？

焦元溥：对。

王耀庆：去年那场"整死人不偿命"的，到后来呢？

焦元溥：后来，他们活下来了。

焦元溥：我们今年11月在香港要再次演出那个曲子，利盖蒂（Györogy Ligeti）的《死亡之谜》（Mysteries of the Macabre）。

那个曲子真的是 1 月初拿到谱，11 月上台演出，中间的时间大概 10 个月，要把它练起来。

王耀庆：之前完全没弹过?

焦元溥：谁会弹那个曲子啊!

许惠品：对啊，谁会练那个东西?!

焦元溥：那个曲子练到后来她先生都抗拒了。原本把那首曲子带到家里面可以增添美好的音乐，但问题是半年都在练这一首。

王耀庆：会觉得很不美好?

焦元溥：非常不美好!

王耀庆：你弹的时候自己会有情绪吗?

许惠品：生气啊!

王耀庆：就生气?

许惠品：这到底写的什么啊! 我现在都还记得，是拿到谱子之后手会发抖的那种。

焦元溥：你 11 月 4 号来香港，我们在香港演。不是我，是她们演出。

许惠品：你看，讲得好轻松。

焦元溥：我只出一张嘴。

王耀庆：你一直这样，从来没有人跟你翻脸吗?

焦元溥：我想想看。

王耀庆：还是其实都是你跟别人翻脸，如果别人没有达到你的要求?

焦元溥：不是，因为他们接下这个任务的原因其实不在我，而是因为这些都是伟大作曲家的作品。

王耀庆：我突然觉得你像走在老虎前面的那只狐狸，"你看我背后都是伟大的文学作品跟音乐作品"。

焦元溥：他们是被这个作品给说服了。作品虽然很难，放在这里表演更难，但是有伟大的文学家、作曲家，我们就可以努力去做。

王耀庆：那场演完了之后，会有"我做到了"这种感觉吗？

许惠品：当然，其实有时候他会让我觉得我又克服了自己，又突破了自己，那种受虐狂的感觉。

焦元溥：而且夫妻关系依然维持。

王耀庆：弹完的那一瞬间："哼！我弹完了。而且老公还在！"

焦元溥：对对对。

许惠品：好微妙的关系。

王耀庆：难道不应该是弹完了之后把谱子甩在他脸上，"哼！你难不倒我！"

许惠品：下次我就这样子。

焦元溥：回答你刚刚的问题，你问会不会翻脸。如果我是作曲家的话，我写出非常没有人性的、整人的作品，的确演奏家是会翻脸的。但是因为这都不关我的事情，都是他们的事情，所以我就可以……

王耀庆：你是对的，你刚刚就明白地介绍他是非常诚恳但狡猾的人。

许惠品：是的……

王耀庆：像这种推诿，"这都不关我的事情。"

焦元溥：我非常诚恳，我拿谱的时候都会说："如果你们真的练不起来，没有关系，就算了。"但是因为他们很争气，所以就会说："你看着吧，老娘十个月把它练起来！"

王耀庆：真的花了十个月？

许惠品：有，从拿到谱子发抖开始练了十个月。那个东西很现代，需要把它练到你身体的一部分。

焦元溥：钢琴要弹，还要吼叫。

许惠品：这不是整人吗？

焦元溥：还有的地方钢琴家要发出气音，弹出来的节奏和发出气音的节奏不一样。

王耀庆：气音是钢琴家发出来的？好想看。

焦元溥：11 月 4 号来吧，你把时间留出来。

王耀庆：他有没有要求你演奏的方式？

许惠品：不会，他要是要求，我就说："你来弹啊！"

王耀庆：就说"你还要求我？你来！"

许惠品：对，"你来，看你会几个音！"但其实他很会弹钢琴。

王耀庆：你自己会想要挑战这种拿到之后要练十个月的曲子吗？

焦元溥：不会。

王耀庆：可是你自己也弹钢琴啊，难道你没有这样的想法？"有一天我要练一首那种一出手就让大家觉得'哇！原来你会弹这个！'的曲子。"

许惠品：没有。我们常常私下讲，他哪天要是上台演奏，一定爆满，因为他的仇家都来了。

焦元溥：我绝对有足够的仇人可以塞满音乐厅，放心好了。

王耀庆：明年音乐季可以做这样一个节目——"焦元溥与他的仇人们"。

焦元溥：那你要放到小巨蛋，因为仇人太多了。我觉得大家的喜好不太一样，有些人喜欢被虐待，而我喜欢虐待别人，自己不喜欢被虐待，要虐待别人啊！

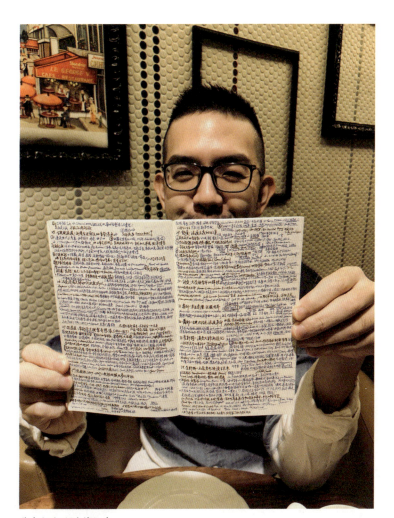

焦老师和他的笔记本

必须为那些受伤的人、虚弱的人重新点燃生存的力量，
而能实现这愿望的，是 Art，是艺术。

CHAP
7

DAVID WANG

×

TASHIMA SEIZO

王耀庆×田島征三

田岛征三 ————————————————————

艺术家、画家、绘本大师

1940 年生于日本大阪，在高知县度过童年，毕业于多摩美术大学。1965 年
首次举办个展并出版绘本；1969 年移居于东京日出村（现日出町）一边耕
地养羊，一边创作；1998 年接受胃癌手术，因转地治疗移居伊豆。

绘本作品有《西魁天》、《大力士太郎》（获 BIB 金苹果奖）、《款冬姑娘》
（获讲谈社出版文化奖）、《飞啊! 蚂蚱》（获日本绘本奖、小学馆绘画奖
等）、《画里我的村庄》（后被拍成电影，获柏林国际电影节银熊奖）、树
果绘本《你在找什么吗?》、《狼的国王》（获日本绘本奖）等；举办个展
"生命的记忆·树果"，与哥哥田岛征彦举办合展，参加越后妻有大地艺
术节，利用废弃小学真田国小创作"绘本和果实美术馆"，名为《学校永
不空置》。

什么是"空间绘本美术馆"？

空间绘本美术馆位于十日町市中央的钵村。

真田国小，曾经不仅是钵村所有孩子上学的地方，也是当地居民聚会的场所，小小的学校承载了钵村村民集体的记忆。2005 年，由于城乡差距引起当地人口外移，最后的三名学生也离开了学校，真田国小最终还是变成了一所"废校"。

田岛征三接受大地艺术节的邀请后，决定将这栋两层楼的废弃校舍设计成一个可以讲故事的"空间绘本"，并取名《学校永不空置》。

空间绘本的主角是真田国小最后的三位学生和他们的女老师，以及住在学校里的妖怪们。参观者在其中行走时，不仅可以看到和触摸到故事的主人公们，甚至还可以和妖怪们一起打鼓。

　　现在，这所全世界独一无二的空间绘本美术馆，一年四季都会开放，田岛老师每年还会回来为"空间绘本"做一些改动。

　　学校尽管不复存在，却因为一位艺术家的灵感和爱心，实现了"学校永不空置"。

时间： 2017 年 10 月 7 日

地点：日本　越后妻有　绘本与果实美术馆

出去看看世界，经历事情，然后回到这里，我觉得这样很好

王耀庆： 这里就是空间绘本一进来首先会看见的地方吗？

田岛征三（以下简称田岛）： 这间学校已经关闭很多年了，但有很多人，比如以前的毕业生、父辈兄长们，他们的回忆都在这个空间里。当时最后只剩下三个学生，学校最终还是关闭了。那三个孩子分别叫优纪（Yuki）、优佳（Yuka）和健太（Kenta），他们三个人在这里。当外面的羊在水里走动时，孩子们就会动起来。

王耀庆： 为什么它们会动呢？

田岛： 其实就像装置艺术一样，因为上面的钢丝连到外面水池里的那两只羊，所以它们会动。这个是健太。

王耀庆： 健太是男生？

田岛： 是的。

王耀庆： 这个也是男生？

田岛： 这是优纪，也是男生。

王耀庆： 所以这个是女生？

田岛： 只有她是女生，优佳。

王耀庆： 可以从颜色区别出他们来吗？老师可以吗？

田岛： 不是，是看裙子，哈哈哈哈……不过优佳今年结婚了，生了小宝宝。学校关闭以后，都已经过去十二年了。

王耀庆： 其他的造型是这个学校里的妖怪吗？

田岛： 这些都是抽象的，代表很多类似的东西，比如以前孩子们养的羊和其他动物，还有蔬菜。原本这边应该有蔬菜。有这些具体的事物，也有的代表回忆。因为是回忆，所以是抽象的。

王耀庆： 听说有一只专门吃记忆的青蛙，老师常常会回来改变它。

田岛： 那是一个妖怪，会在二楼出现，这里还没有出来。这里

都是以前孩子们养的动物。这些果实会给大家指路。

王耀庆：这个是当年的学生做的吗？

田岛：没错。这里有孩子们的作品，当时贴的告示，都尽量保留原有的样子。教室的告示板也是当时的样子。这是女更衣室，女更衣室里面有妖怪，叫 Toperatoto。

王耀庆：是因为大家都不喜欢在里边换衣服吗？为什么会有这么一个大妖怪？

田岛：妖怪是人的肉眼看不见的，但看不见的话就不好理解了。所以我把它们放大了。其实 2009 年刚做好的时候还是很小的，后来它慢慢偷吃掉大家的记忆，就越变越大了，手也从这里长出来了。

王耀庆：就是这个吗？

田岛：是这个。

王耀庆：所以可能再过几年，整个学校就会变成妖怪的天下。

田岛：孩子们在小的时候不是总容易忘事儿嘛！而且老是丢三

女更衣室的妖怪 Toperatoto

落四的，为什么呢？那是因为这只 Toperatoto 会偷偷吃掉人们的记忆。可是当它吃得太饱，变得太大的时候，就会被另一只叫作 Doradoraban 的妖怪发现。Doradoraban 喜欢恶作剧，它会一拳打过去，孩子们的记忆就会从 Toperatoto 的肚子里飞出来，所以才会忽然在某些时候又想起一些事情来！

王耀庆：这是他们三个在上课？

田岛：是的，这里是教室，这是海咲（Umisaki）老师。这位老师是孩子们最喜欢的女老师。

王耀庆：这是他们画的吗，还是老师您画的？

田岛：是我画的，像涂鸦一样。孩子们画的像这样的涂鸦，在我的回忆中依然存在。

王耀庆：海咲老师的裙子很漂亮。

田岛：这个裙子有足够的布料，但是头发变少了。这边的房间有标示，说明这个房间并不是在具体地讲故事，而是一个幻想的房间。

你知道蒲棒吗？我在做这个作品的时候，有一位老人家过来帮忙，但后来他生病了，没有办法继续耕种田地，所以田里就长出了很多蒲草。这个就是用那些蒲草做的作品。田地就在旁边，现在变成池塘的那个地方。

王耀庆：那些也是吗？

田岛：这是把蒲棒晒干，再涂上颜色。这里原本是放打扫工具的储物间，把板子拆掉就可以直接钻到那边去。想去隔壁房间的时候就从这里过去。

这些装置是村里的老人做的。有一位很擅长竹工的老人家，因为他也没有继承人，所以我们几个伙伴就向他学习竹编，然后在上面贴上和纸。这些全都是用竹子做的，里面也是。表面上看起来做工有些粗糙，但里面都是用竹子精心编成的。

王耀庆：我们小学的时候也有劳作课，也做过竹灯笼。

田岛：那位老人家过去也做竹笼，然后拿到十日町的镇上去卖。

学校里的最后三个学生（左起）优纪、优佳、健太

黑板上海咲老师的画像

孩子们的涂鸦作品

王耀庆： 做手工可能是所有小孩子痛苦的回忆。小孩子哪会做这个，只是要交作业。所以后来就变成和家长共同的完成，共享"痛苦"的回忆。

田岛： 现在日本的孩子们也不会做了，大人们也一样。塑料制品比竹子更便宜，现在都用塑料制品，都是这样。所以像这位老人家的竹编技术，孩子和大人都不会了。

王耀庆： 为什么呢？为什么大人也不让孩子们碰这些自然的东西了？

田岛： 因为有了科学，有了塑料，不断地出现很多便利的东西。但在过去，竹子不仅仅是工具，也是信仰的对象。竹子是为神明奉献的植物。松、梅、竹，其中竹子是与生活有着特别密切的联系的一种植物。但我们已经快要忘记了。

王耀庆： 松竹梅在中国是熟知的岁寒三友。

田岛： 以前日本是没有竹子的，是很久很久以前从中国传进来的植物。竹林很重要，现在日本的竹林都逐渐枯萎了，因为大家都不爱惜。所以我在这个美术馆里，不仅仅是把日本人快忘掉的事情当作一种回忆来展示，也是想让现在的人们再一次回想起来，对我们来说很重要的东西，比如和纸、竹子，还有树木。这栋建筑就全是用木头建造成的。我希望人们不要遗忘这些事物，这也是建造这座美术馆的目的之一。

田岛： 这些涂鸦也是三个孩子画的。

王耀庆： 那是他们十几年前写的吗？

田岛： 没错。这些作品是他们毕业时做的，那边是我画的。这是三个孩子的学长们画的，不是我画的，但大家都误会是我画的。这里有幅画很像 Toperatoto，所以说也许那个妖怪以前就有。

说起来，村子里所有人都是从这个学校毕业的，除了从别的地方嫁过来的人，不过她们的孩子也是这所学校毕业的。这个村子很有趣，大家的姓都一样，都姓尾生。

王耀庆：是因为他们有亲戚关系吗？还是用地名来命名的原因？

田岛：都不是。以前这里是大山的深处，打仗打输的人就会逃到这里。他们已经受不了战争了，想要大家和睦相处，所以就说大家都姓一样的姓吧，于是大家就都取了同一个姓，这一片都是尾生家的。

王耀庆：这是三个小孩子在走廊上玩的样子吗？

田岛：这里有另一只叫 Doradoraban 的妖怪，就是前面说过会冲破天花板的坏妖怪。这是孩子们很害怕，正要逃走的样子，这个优佳做得有点大。（笑）

王耀庆：这个是打鼓的？

田岛：要不要试试？

王耀庆：这是可以动的，对不对？

田岛：嗯，你试着踩一下。来，试试看。这三台有两台都坏了，因为大家都会想要试着踩踩，所以有时会坏。毕竟学校的历史在这里，明治七年（1874）就创立了。

王耀庆：里面这个是？

田岛：这是 Toperatoto 被坏妖怪 Doradoraban 打中了肚子，它偷吃的孩子们的记忆就从身体里飞了出来。

王耀庆：这个是每年都会变大吗？

田岛：现在还是扁扁的，以后会慢慢地变大。刚才你看到那个 Toperatoto 变大了吧？这是 2009 年的作品，刚才那是 2015 年重新制作的。这个美术馆是一直在变化和长大的美术馆。

王耀庆：这里是慢慢就要逃离这个地方了吗？

田岛：现在这个教室里的两个人吗？是的，这里也有头伸出来了。

王耀庆：这是女孩子吗？

田岛：是优佳，她要从窗户里飞出去。

王耀庆：他们在玩耍，还是想要从这里逃出去？

被坏妖怪 Doradoraban 打中肚子的 Toperatoto

田岛：孩子们是自由的，可是这个小村子是一个封闭的社会。我希望他们能够走出去，看看外面的世界，经历一些事情之后，再回到这个美丽的小村子，我觉得这样很好。实际上，在这三个孩子之前毕业的佑太郎（Yutaro）就回来了，在十日町的政府机构工作。

王耀庆：哇，这个造型这么大，是表示他们三个已经长大，要出去了吗？

田岛：不是（笑），原本的设计是，他们还是小朋友的时候就飞出去了，本来应该更小一些，但是做的时候越来越大，就变成了这样。

王耀庆：是 2009 年做好之后，您每年都回来添加一些，一直加到现在这么大吗？

田岛：不是，2009 年一次就做好了。不过，这个美术馆仅凭我一个人的力量肯定是没办法完成的，村子里的人都有过来帮忙。我会对帮忙的人说，这个像这样放进去就行了，当时交代了老爷爷在帮忙做"健太"，交代好了之后，我还得去别的地方看看，等看完那边回来，发现"诶?! 不是这样的啊！"这种情况是常有的事情。

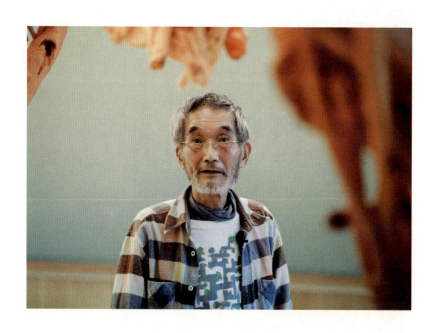

可是呢，对费力来给你帮忙的人说，"这个错了，不要弄了"，对方肯定会生气。他们也许会说，"我要忙着种田，但还是特意来帮忙，还不要你的工钱，怎么了？做错了？"肯定会不开心，所以最后只好就保持这样。（笑）当时就这样，边交代大家，边做错，边修改，结果就变成了现在看到的这样。最后是大家一起努力，保证顺利完成。不过，正因为他们的失误，完成的作品比我原本打算做的更有意思。

王耀庆：所以照老师的想法，本来应该是有多大呢？

田岛：原本应该像其他孩子一样。这个是优佳，这个是优纪，只有健太是这么大。

王耀庆：对啊，只有他变得好大。

田岛：不过现在这样，反而很有魄力，我觉得也不错。

王耀庆：是一个可爱的错误。

田岛：谢谢，很有意思。啊，不能再说了，那时候帮忙的老爷爷们都还在呢！

因为"失误"而变得超大的健太（左）和优佳（中）、优纪（右）

树生长到一定的规模，就呈现出某种生命的艺术性

王耀庆：老师最喜欢什么颜色？

田岛：粉色。

王耀庆：粉色？！那老师为什么喜欢画羊？

田岛：在我的画里，羊不是作为一个角色，羊不是宠物而是家畜，是对人类有用的存在。我是喝羊奶长大的，所以羊是我的朋友。

王耀庆：朋友？

田岛：是朋友，是恋人，也是母亲。

王耀庆：从开始画绘本到现在，老师有想过从事其他行业或做其他事情吗？

田岛：没有想过呢。不过说到艺术工作，不仅仅只有创作绘本这一小部分，还有版画、油画……我做过很多不同类型的创作，但没有做过领固定薪水之类的工作，我也不想做。

王耀庆：我也是。

田岛：哈哈哈哈……（握手）

王耀庆：我们知道老师是因为身体不好，所以搬到了伊豆半岛。老师因为胃癌的关系切掉了三分之二的胃，知道自己得了胃癌是什么感受？

田岛：没有觉得震惊。因为我喜欢住院，想到又可以住院了很开心。

王耀庆：是因为有护士吗？（笑）

田岛：啊！哈哈，也可以这么说。其实是因为那个时候很忙很辛苦，想要休息一阵子，但周围的其他人都在努力工作，总不能说只有我休息吧！当时就是这样的状况。所以知道得了胃癌的时候，就想"诶，胃癌！那岂不是可以住院了！"反而有这样的喜悦。

田岛老师一边午餐一边创作

王耀庆： 现在已经完全康复了吗？还是一直跟它共存？

田岛： 那就不知道了，反正已经过去十八年了，说不定还有别的病在等着我呢，我从小就经常住院。

王耀庆： 可是在老师所有的绘本里，您的笔触给人的感觉都是很坚定、很正面、充满童真的，完全看不出来喜欢医院这种感觉上比较消极的想法。这种个性是天生的吗？

田岛： 我呢，从小身体不好，总是生病住院，但是唯独对于"表达"这件事有很大的热情。我就算去上学，也会觉得老师教的都是我不需要的东西，所以我很讨厌上学，但是自己却有很多想表达的东西。

王耀庆： 我也是。

田岛： 哈哈哈哈……（再次握手）

王耀庆： 您喜欢画绘本，喜欢油画、版画，可以问问您喜欢什么样的音乐呢？

田岛： 喜欢古典乐，喜欢民谣，也喜欢摇滚，现代爵士乐也很喜欢，日本演歌也不错。也不是全部喜欢，这些喜欢的类型里也有讨厌的曲目，得根据每首歌具体看。但是总体来说，我是喜欢音乐的。

王耀庆： 您对浪漫怎么理解？从您的作品和刚才的对话中，可以感受到老师其实是一个浪漫的人，对生命有热情的、充满生命力的人，完全感觉不到您经历过一场大病。刚才我们进来的时候，看见您一边午餐，一边画画，还有一杯红酒，您喜欢喝酒吗？

田岛： 与其说是喜欢，不如说是一种需要。没有酒的话岂不是很难想象？酒很重要。

王耀庆： 您的儿子也是一位艺术家？

田岛： 是，但其实并不希望他做艺术家，你看这个。

王耀庆： 这个是他的作品吗？

田岛： 这是他做的。也不能说是艺术家吧，也许算是职人？老大做像这样的木工器物，老二主攻料理。

王耀庆： 料理？

田岛： 加泰罗尼亚料理。

田岛老师儿子制作的桌椅

王耀庆：都是不喜欢上班的人对吗？所以可能受到了父亲的影响。

田岛：可能吧。我们家没有人是上班族，我太太也好，孩子们也好，做的都不是拿月薪的工作，所以穷，很穷。虽然我最近算不上穷了，但生病的时候真的很穷。

王耀庆：您会因为贫穷感到困扰吗？

田岛：现在还算不上最穷的时候。因为我身体不好，没法工作，再加上我真的是在鬼门关前晃过好几回，所以有一段时间真的很穷。

王耀庆：有好几次面临死亡，老师对于死亡是怎样的看法？

田岛：嗯，关于死亡啊，年轻的时候完全不害怕，但现在还有一些想做而未完成的事情，不，不是一些，是还有很多想做的，所以现在还不能死。如果现在阎王爷派人来接我，我会说："请您先回去吧。"现在最想做的事情，是为那些生病的人、那些正在跟死亡搏斗的人们，设计一座生机勃勃的庭院。"作庭"在日本属于一种传统，在中国应该也类似吧。在日本，由王公贵族、武士阶层所制作的庭园，很多现在还保留着，比如桂离宫、修学院离宫等等。

你看，这个绘本美术馆是用树木的果实和岸边的流木制作的，但庭园里会种植有生命力的树，不断成长的树。假设这里种了一棵树，树会这样生长，长到一定的规模，就呈现出某种生命的艺术性。人们经过的时候，可以从树木，从植物中获取能量，生命的能量，特别是虚弱的人、生病的人。我马上要做的新创作是为了得麻风病的病人，对他们来说，不仅仅要面对身体的病痛，还得承受因生病而被他人区别对待的"病态"。看到这些度过艰难人生的人们，我想创造一个能慰藉他们心灵的庭园。

王耀庆：为什么会关注到麻风病呢？

田岛：和大地艺术节一样，日本还有一个濑户内国际艺术节。那里有一座小岛，上面有麻风病的收容机构，也是我负责的地区。

我在那里和那些患过麻风病但现在已经痊愈的人们一起生活，一起喝酒聊天，在这个过程中，发现还有多可以做的事情。

王耀庆：所以这已经不仅仅是绘本的事情了。对于老师而言，生命是什么呢？

田岛：对啊，生命……（低头沉默）生命不是人类独享的特权，小小的鱼儿、草木也有生命，而这些生命体是互帮互助的，在地球上共同生存。但是现在，不只是我这个岁数的人，连小孩子都可能受到各种化学物质、放射性物质的毒害。面对辐射物质、有害物质，生命受到威胁的不仅仅是人类。我们对于这种现象当然有愤怒，但不能仅仅是愤怒，有很多受到伤害的人们，是我们现在必须守护的。必须为那些受伤的人、虚弱的人重新点燃生存下去的力量，而能实现这愿望的，是 Art，是艺术。我想通过艺术尽一份力。

王耀庆：请允许我问最后一个无礼的问题，如果冒犯请您原谅，老师死前最想做的一件事情是什么？

田岛：我可能没法给出体面的回答，或许会让你见笑了。我并不想把自己置身于那么严肃的情境中，可能死的时候想要慢慢死去，稍微回顾一下过往人生，感慨一句"过得不错啊！"在院子里喝着小酒，和美人聊着天，然后慢慢死去。

如果没有明天

　　那天的访谈，最后的两个问题是原本没有想到可以问出口的，事实上从拍摄对谈部分一开始，整个摄制组，包括我们现场的日语翻译陈涛女士在内，所有的人都在流泪，难以抑制的那种。

　　田岛老师是一个看上去非常瘦弱的人，但他身上却散发着坚定的、强大的生命力。不怕死不是勇敢，可能是一种浪漫，他对人们生命中面对的"失去"非常敏感，一直试图用艺术创作去帮助那些处于"生命灰暗期"的人们。他自己虽然也有病痛，却还在想着有什么可以服务他人，这种"给予"是一种看不见的价值，这份爱与无私在我心里是惊心动魄的。

　　这个世界也许很丑陋，未来可能很险恶，扪心自问，我们也不见得是十足的好人，也都有阴暗的时刻，但是必须用最后那一点点良善去保存另外一颗善意的种子，因为你不知道，这颗种子、这个善念会在什么时候、什么地方发光发热。"如果今天死神降临了，我不遗憾，因为没有做任何一件遗憾的事情，能够做的我都做了，而且是全力以赴、问心无愧的，那一天来临的时候，我也可以含笑而去。唯一的遗憾是，不知道我还能不能够帮助更多的人。"这是田岛老师说的，也是我想追随的。

翻译陈涛女士和田岛老师

番外　靠海而生的人们

　　没有事先场勘，没有访谈提纲，拍摄小队来到椿茶屋只有一个目的——在奔波于各个艺术作品的途中解决午餐。结果一进门，大家就被餐厅里精致而温馨的设计惊艳了。食客可以在餐厅里用餐，也可以坐在户外，一边欣赏美景一边享受美食。尤为引人注目的是在石头上绘制的菜单和餐厅名片。

　　椿茶屋老板番匠佐津纪是一位亲切热情的老妈妈，看上去特别有活力。和她聊天，才知道这些石头画是出自她的创意和手笔，而且除了餐厅老板之外，她还有另外一个职业——海女。

　　吃着美食看着景，画着石头聊着天，我们的团队在椿茶屋一坐就是两个多小时，和海女妈妈也越聊越开心。完全的意外之喜！

王耀庆：当海女多久了呢？

番匠佐津纪（以下简称海女妈妈）：从 16 岁就开始了。

王耀庆：16 岁开始，一直到现在？

海女妈妈：现在 65 岁了，没问题呀！还有到 98 岁还下海的海
女呢，在舳仓岛这边，就算腿疼腰疼，一下海，在海里游也没问题。

王耀庆：年纪可以到这么大哦！我一直以为海女长期劳动，又
有海里面压力的关系，所以可能没有那么长寿。

海女妈妈：在海里面，可以达到无的境界，不需要思考任何问题，
会达到心中空无一物。找蝾螺，或是在岩石下面找鲍鱼，其他的事情
什么都不会想。跟陆地比起来，我更喜欢大海。不过因为今年夏天店
里有点儿忙，就一直没有下海。平时都是 7 月到 9 月之间会下海。

王耀庆：一年四季 365 天，只要天气好都下海吗？

海女妈妈：对，渔家天气好就能出海，渔夫是这样，海女潜水
也一样，看天气吃饭。

王耀庆：但冬天也能下海吗？

海女妈妈：我们这里冬天不下海。但冬天有冬天的猎物，也有
人下海捞海参、海胆之类的。

王耀庆：只有冬天有海胆吗？

海女妈妈：没有，夏天也能捞到。海胆也要分季节，有的时候
肥美一些。

王耀庆：最喜欢海胆了！

海女妈妈：喜欢海胆？真想给你尝尝，不过现在尝不到，等你
下次来！你最喜欢的是什么鱼呢？

王耀庆：我吗？全部！鲷鱼、鲔鱼（金枪鱼）、秋刀鱼……

海女妈妈：这么喜欢吃刺身啊？早知道给你留着了。今天有新鲜
捕捞上来的鱼，10 点左右运到港口，但是想着你们急着走就没有去。

王耀庆：没事没事，烤鱼也很喜欢。

海女妈妈：一会儿结束后，给你做刺身吃吧。

王耀庆：哈哈哈，太棒啦！

海女妈妈：其实我们家最有特色的就是刺身。刚捞上来的鱼直接从港口送到店里来，那个新鲜程度还有美味程度，绝对超赞！

王耀庆：这个店开了多久了？

海女妈妈：今年是第 15 年。

王耀庆：为什么会想到开这样一个店呢？

海女妈妈：这里其实是人口特别少的区域，真的没人。从轮岛开车到这里，路上连个人影都看不到，想要问路都没有人可以问。有游客来到这里，可能就会想着，"啊，能喝杯咖啡就好了！"虽然现在这里有咖啡店，但过去真的什么都没有。人口少的话，本地人也会觉得寂寞。所以我就想，那就在这里开个店吧！

我的本职工作是打渔，开店之后大约有七八年的时间，完全没什么客人。我一个人看店，大门就这么开着，有时还会睡个午觉。当时就连本地人也不知道。我在那边的港口捕鱼，从这条路往来或是要去港口的车辆都会经过我们家。我不希望人们总觉得"好寂寞啊，好空旷啊"，所以很用心在做。只要店开在这里，就会有客人过来嘛。希望来这里旅行的人能留下美好的回忆，觉得来奥能登旅行真棒！

王耀庆：15 年了耶，如果一开始没有生意，是怎么撑过这 15 年的？

海女妈妈：因为我在乡下长大，出生地也是海岛，而不是在热闹繁华的城市，所以也做不来什么热闹的事情。完全是按自己的性子，凭本性和客人们平等交谈，只需要这样，自然会有回头客。而且这儿的景色很美吧！看着这样的景色，大家都会"哇"地感慨，很开心。从东京这些地方来的人总会被这片景色吸引，还有人每年都会回来看看，三四十年都没有改变的景色。

王耀庆：现在是艺术节期间，生意会有明显的差别吗？

海女妈妈：会呀！跟去年比起来，今年来店里的客人多了一倍呢！多亏了艺术节，现在周末客人多得不得了，确实有明显的差别。当地人也是，不会这么寂寞了。现在你看，很热闹吧！有车从这里

番匠佐津纪与女儿

经过，来看艺术节的人会四处走走。乡下的老奶奶们一开始连"艺术节"是什么都不知道，看不懂作品也不知道艺术家，完全没有兴趣。而现在，大家会四处走走，看看这些作品，这样路上就有人了嘛。这个小镇上光是看到人，就不多见。现在络绎不绝地来了很多游客。老奶奶们坐在自家门口，都会有人跟他们搭话，"去这里怎么走呀？"之类的。奶奶们平时每天发呆过日子，要是有年轻人或是游客跟他们问路，她们还是会很高兴。我觉得这很好。

王耀庆：妈妈有去看过附近艺术作品的展览吗？

海女妈妈：刚刚去看了，还有艺术家在那里。四点半出发，去离这里30分钟左右的地方看看作品，大概花10分钟或者15分钟看。我尽量每天都去看一个作品。

王耀庆：当海女的时候会觉得很辛苦吗？有什么羡慕的事情吗？

海女妈妈：都到这把年纪了，真没怎么想过，也没有什么特别羡慕的事情。现在有休渔期，但过去是没有的，如果天气好那就每天都出海。我还是孩子的时候，舳仓岛会有游客来，像黄金周的时候，而我们每天都要下海。要说羡慕的话，小时候可能比较羡慕家庭旅行吧。

王耀庆：那有没有想过要做其他事情呢？

海女妈妈：很庆幸自己生在渔家，自由自在。我们差不多24小时都在海里，朝阳升起，夕阳下沉，看到很多景色。我还在彩虹底下干过活呢！当然也有危险，也有被龙卷风卷着船颠簸的经历，捡了一条命回家，甚至有时候都会想，完了，回不了家了。这样的事情也不少，很多可怕的回忆。每当船回到港口都会感慨，"终于踩到地面了，活着真好啊！"在这些风浪起伏中活过来，也没有想过要做别的事情。

王耀庆：从以前到现在，海有不一样吗？

海女妈妈：有啊。潜水时就会发现，用我们渔家的话来说叫"矶烧"（岩礁海岸剥蚀），海藻变得越来越少。海藻变少了是什么意思呢？鲍鱼、蝾螺等等，它们的栖息地会发生改变，有海藻的话蝾螺的数量会更多，可能海里现在也有点不一样了。

海女妈妈：这是差不多 40 年前的照片。这是舳仓岛的海女。

王耀庆：这是在水底下拍的？身上有一个绳子？

海女妈妈：这个叫安全绳，坐在船上的老公在上面帮我拉着。我下去捞蝾螺，等感觉自己的呼吸撑不住的时候，就拉绳子给他信号，老公就把我拉上来，绑上安全绳快很多，潜个 10 到 15 米都没问题。

王耀庆：可以潜多久呢？

海女妈妈：久的话可以待 3 分钟左右。

王耀庆：没有男生做这件事情吗？

海女妈妈：不太有男生做，舳仓岛的话，现在也只有我吧。

王耀庆：这个是你的艺术创作吗？在石头上写菜单是业余爱好？

海女妈妈：不是爱好。最开始的时候，去外边印名片的话，一印就得 100 张起，这样一来要花好多钱。这家店是从零开始的，什么都没有，全靠当地人帮忙，所以没办法做那些花钱的事情，营业额一天也就 2000 或 3000 日元。然后我就想，有什么东西可以做名片呢？对了，可以"印"在石头上。大家来这里追求自然，那就用海里的、山里的东西吧，所以最后就用石头做成了名片。

菜单也是，大家去餐厅都会这样翻开菜单点菜，有人让我也做个菜单，放点照片。不过因为我喜欢这里的海，所以就决定把菜单做成这样了。有的时候只有我一个人，就算有菜单也忙不过来，现在有了石头菜单就方便了很多。客人看到这个也不需要说话了对不对？有的时候甚至就直接开口跟人家说，你不如点这个，省了不少力气，哈哈哈！开口帮人家点，看一下那天厨房里有什么，再多给他加一点，最后就变成优惠大拼盘，什么都给一点。要是大学生，就想着"哎呀，他也没钱，就请他吃吧！"真的什么都是自由自在的。

我自己本来也没想过要靠开店赚钱，所以可以说是干了15年的志愿者，乘船出海也是志愿者。话虽如此，要是变成了想赚钱的人，和客人交流时还是会不一样的。我自己还是想好好享受这一切，将来也一样。托了这家店的福，我也遇到了很多人，这家小店成为能与很多人相遇的地方，真的非常幸福。

椿茶屋用石头做成名片和菜单

耀庆送给海女妈妈的自画像

有空的时候来看看海

想想什么才是自己想要的生活

当有人邀请你一起玩耍的时候，

不管什么情况，你都能应邀一同玩耍。

对我而言这才是最有趣、最困难的，当然也是价值所在。

CHAP
8

DAVID WANG

×

FRAM KITAGAWA

王耀庆×北川富朗

北川富朗 ——————————————————————————

国际知名策展人
日本越后妻有大地艺术节、濑户内国际艺术节发起人暨艺术总监

1946 年出生于日本新潟县高田市（今上越市），东京艺术大学毕业。
策划"安东尼·高迪展"（1978—1979）、"给孩子的版画展"（1980—
1982）等艺术展；策划并监制"越后妻有大地艺术节"（2000 至今）、"新
潟水和土艺术祭"（2009）、"濑户内国际艺术节"（2010 至今）、"北阿尔
卑斯国际艺术节"（2016）等地域振兴项目；获法国 2003 年艺术文化骑
士勋章，澳洲 2012 年荣誉勋章，日本 2016 年紫绶褒章等；著有《希望
的美术，协作的梦》《宽广的美术》等。

艺术的力量

在日本拍摄《职人访谈录》，对我来说像一扇窗、一扇门、一条隧道、一本书，它开启了另外一个世界，让我看到了不一样的光。虽然是第一次到艺术节现场走访，却有一种似曾相识、相见恨晚之感。辗转在奥能登和越后妻有两个艺术节的现场，我看到了艺术家们对大地的一颗真心。我相信，这些山野间的艺术作品证明，人、自然、时间，可以建立的一种亲密的关系。

那么多来自世界各地的艺术家，在偏远落后的乡镇贡献他们的巧思，让来参观的人也开始思考人和自然、时间的关系。比如大地艺术节"空屋再造计划"中有一栋二百年历史的老房子，2013 年，有一位雕刻家带着他的学生，用两年半的时间，三千人次参与，不间断地把老房子里所有能看到的部分都刻出了花纹，并起名叫作"脱皮之家"。不知道能不能用鬼斧神工来形容，但这栋老屋变成了全新的艺术与居住空间。

脱皮之家／（日）鞍挂纯一

工作中的鞍挂纯一和他的团队

不光是这件作品，在越后妻有地区，有上千种艺术成果，而这些作品都跟当地的人、事、物息息相关，某种程度上改变了当地人的生活。如果没有北川先生二十年前的创意，和多年来持续不断的坚持，这个地方不会得到改造。

职人访谈受制于播出时长，观众看到的只是一部分，很大程度也是比较好看的那部分。但是我很感动的是，跟这些职人们聊天或在他们工作时看到的细节。制盐匠人的手常常会不由自主地颤抖，时间已经在他身上留下了一些痕迹；海女妈妈开的餐厅，无论天气多么严酷，也完全不觉得辛苦，那是因为她有一份身为渔民的骄傲；跟田岛征三老师做访谈的时候，身边很多工作人员都忍不住掉下眼泪，因为很难想象一个从小被病魔折磨的人，到现在依然想要用艺术去治愈和感染他人。这些细节是我认为最动人的地方。每一个人，如果在生活中找到喜欢做的事情并且坚持，都可以从自己身上找到艺术，找到力量。

时间：2017年10月5日

地点：日本 珠洲市民中心议事厅

如果足够努力，单纯的工作是不是就能变成一种玩耍的集会

王耀庆：非常荣幸来到这个地方，也感谢北川老师接受我们的采访。

北川富朗（以下简称北川）：我也非常欢迎几位远道而来，来到日本的珠洲市。

王耀庆：我们之前阅读了很多关于大地艺术节和奥能登艺术节的报道，知道您已经做了很多年这方面的工作。是从什么时候开始，想要把艺术放到偏远的地方来？

北川：大地艺术节是从1996年开始筹备的，到了2000年，在日本新泻的越后妻有地区举办了第一届。这个地区是日本的豪雪地带，随着都市经济的快速发展，那里的居民在几年之内大幅减少，以前曾经努力开拓的地区也渐渐失去了它的活力，所以我们就利用在城市里的工作经验想为这些地区做点事情。

我们是从事艺术工作的，艺术原本就需要与人产生联系，或是在自然与人类的关系遭受严重破坏时，或是在城市与人类的关系崩坏时，艺术作品尝试给大家提出一些不同的思考方式。这也正是从过去开始，艺术家们就一直在发挥的作用。

在还没有所谓艺术家的年代，也有很多人，例如阿尔塔米拉（Altamira）或拉斯科（Lascaux）的洞穴壁画，人类费力猎杀动物，但动物本身也努力生存过，既然不得不猎取他们的生命，就要抱着虔诚之心，充分利用皮毛翎角。艺术就是这样一种思维，关于自然与文明、自然与人类的关系，这也就是我所认为的艺术。

所以我们在豪雪地带做了这个艺术项目。这里是世界上数一数

二的人口稀疏地区，艺术家们来到这片土地，通过作品展现地域的特征，以及祖先们努力开拓生活过的事迹，为今天的居民重新注入活力。若是作品足够有趣，还能吸引到外地的人们前来观看。有了这个创意之后，我们就开始了筹备工作。这就是越后妻有大地艺术节的来历。

王耀庆：从 2000 年起到什么时候？

北川：现在还在继续，2018 年是第七届。大地艺术节的作品和所谓的当代艺术还有一点细微的区别。如果说某样东西是艺术作品，那么它一定要非常显眼，并且具有某种自我主张，这是当代艺术典型的思考方式。但是，来到这样的乡下，艺术家也会渐渐改变。比如说，这个地方是这样的风土人情，艺术家们创作的作品也会成为人们了解这片土地的契机，或者引人思考以后的风景会是什么样。他们的创作会发生转变，不是仅仅关注作品本身，而是希望用作品展现这片土地以及其蕴藏的世界。

王耀庆：北川老师最早是做画廊工作的吗？

北川：我和从事艺术的伙伴们一起工作，但最开始是在工地现场的围墙上创作。那种围墙看起来太煞风景，所以有人提出让我们在上面画画，这是最早的工作。除此之外，在做这些工作的同时也

越后妻有大地艺术节（2018）海报

濑户内国际艺术节（2016）海报

开始将不错的艺术家的画作卖给别人。当年的出发点就是，只要和艺术相关的工作都可以做。

比如我们还做过商店装饰布置。百货商店周三晚上结束营业，周四休息，周五早上重新开始营业。周三晚上到周五早上的这段时间，是百货商店换装饰的时间。更改内部装饰是一份有意思的工作，那个时候需要在差不多一天半的时间里完成，大伙儿一口气干完。我们就是靠这样的工作为生的。

王耀庆： 做这些大概是在什么时候？

北川： 大学时候开始的。我们那时说，只要和美术有关系的工作，不管是什么我们都做，也是怀着这样的想法一直干到了现在。所以现在的艺术节工作只不过是从工地围墙、百货商店，变成了整个乡村、整个地区。我是 21 岁上的大学，上大学之前空了三年时间。

王耀庆： 为什么大学之前空了三年时间？

北川： 因为不知道自己该干什么，所以一边工作一边参与了许多社会活动。我出生在乡下，到了东京的第三年冬天，突然萌生了想画画的念头，于是决定去美术学校。上大学时是一边工作，一边学习美术，一边寻找自己想干的事，最后发现自己还是想画画。

王耀庆： 所以说老师在上大学之前，花了三年时间去找寻自己真正想要做的事情？

北川： 对，上大学之前就在工作，进了大学后仍然在继续工作。画画一直非常用功，而且在学习的过程中发现了自己新的兴趣，就是日本古时候的佛像。这些雕塑或绘画的佛像受到了中国很多的影响，也通过各种形式受到了亚洲大陆文化的影响，我觉得非常精妙。这就是我的大学时代。

王耀庆： 那大学毕业后选择的第一份工作是什么呢？

北川： 其实一直都没有所谓正式上班入职的经验（笑），就和朋友们一起，接受别人委托做不同种类的工作，从学生时代开始，到现在也没有改变。就我个人而言,至今还在对佛像雕刻进行研究和学习,还担任过大学讲师。除此之外,我还和我的团队一起工作。

王耀庆: 从资料里面知道,老师好像开过一个画廊。

北川: 我想画画,这是我自己做的第一个选择。在那之前,做事都是为了回应周围人的期待。因为想创作出很棒的画,所以我拿起了画笔,但艺术的世界总是很容易受到政治、经济等不同时代潮流的推动。在当代艺术中,大多数参与者都不怎么开心。创作者也好,观赏者也好,大家重视的不是这个艺术作品有没有意思,而是看不看得懂。所以我后来就放弃了自己创作,转而从幕后来支持艺术世界,希望让更多人喜欢艺术,让大家知道艺术创作是快乐的。我就决定只要与艺术领域相关的工作全都可以做,不只开过画廊,而是变成现在这样,需要做很多不同的工作。

举艺术节的例子来说,艺术家可以通过画作把盘中所盛的美味珍馐表现出来,但当依照盘中食物作画已经无法满足乐趣的时候,艺术家们就可以到当地,帮老妈妈们一起动手制作"料理",其中的乐趣会更多,可能还有机会亲自"品尝"。又或者,艺术家可以带领当地的老爷爷老奶奶一起身体力行,共同创作。艺术创作会开始朝着不同的方向转变,而我就是从中给各方面提供各类协助。

王耀庆: 在开始做艺术节之后的这二十年,过程当中遇到的困难也很多吧?

北川: 做什么事情都会面临很多困难。以农业为例,从事农业的人们工作十分艰苦,这份工作会受到气候的影响,不管多辛苦,最后可能还是颗粒无收。即便如此,有晴有雨,有政治影响,但人们在与自然打交道的过程中都还是会充实地工作,都能从中获得一定乐趣,苦中作乐吧。我觉得那样很好,大家努力工作,使工作变得有意思。但现在的社会环境,工作变得没有乐趣了,大家只关心是否赚钱，关心如何能够提高效率，不管做什么事情都变得没有过去快乐了。

我的理想是大家能够通过某件事情获得充实以及快乐，希望能打开人的五感，看见、听见、闻到、尝到、触碰到，全身心地投入其中享受快乐。我一直以来都在提倡，我们应当追求这样的生活。

艺术节就是这样的一种生活实践，参与艺术节的人们，尤其是当地的老爷爷老奶奶，从帮忙制作作品，到努力跟来看艺术节的人介绍作品，他们参与的工作不仅能充实他们的生活，更会在其中感受到乐趣，所以再困难都不算是困难了。

对我而言最重要的是什么呢？是当有人邀请你一起玩耍的时候，不管什么情况，你都能应邀一同玩耍。对我而言这才是最有趣、最困难的，当然也是价值所在。玩耍是一件十分重要的事情，但是现在能允许人们玩耍的事情越来越少了，我对于这个现状很不甘心。如果足够努力，单纯的工作是不是就能变成一种玩耍的集会，这是我想做的事情。

74亿各不相同的个体共同生存，这很了不起

王耀庆：我在初三的时候，大致上已经建立起成年之后需要的逻辑和价值观。当时我认为，对于一个人最重要的事情，是他必须首先知道他有什么，然后知道他要什么，才能找到人生的方向。这个逻辑从初三一直影响我到现在，是我最核心的价值观。我觉得一个人要很清楚他的能力或者他现在所能利用的东西，然后要很清楚自己想要的是什么，他才能明白如何利用手边所有的资源达到自己希望到达的地方。

刚刚在和老师交谈的过程中，知道了您学过的东西、经历过的事情，这是您拥有的。然后老师用艺术节，用您现在所努力的事情，去达成您希望所有人能够感受到的东西，这是老师追求的东西。如果有可能，请老师作为自己筹办的艺术节的代言人，为我们解释一

下，希望来看艺术节的人们能从中获得什么？

北川：谈到艺术节希望实现的目标，我认为有两个。

我想了一下方才王先生所说的话，就具体的工作而言，我48岁开始就在做现在的工作了。刚刚听你分享从中学时开始建立的想法，才发现自己第一次意识到，高中时候我最讨厌的，而且到现在也讨厌的，就是歧视。否定和自己不同种类的人，类似这样的歧视，还有逞威风的人，那时候真的是厌恶至极。想要不一样的世界，或是不一样的活法，这是我长久以来的期望。放在艺术节里说，这些艺术作品融入了外地人和本地居民的生活，住在不同地方的人，不管是老年人还是年轻人，通过艺术这个媒介，建立起良好的关系，这样的结果很让人高兴，这是其一。

另外还有一点，因为在落后的地区做艺术节，很多来自不同地方的人们都会对我们说，你们真厉害，真努力，能够在这样的环境中生存下来。而现在，这些地区的人们也在做着类似的事情。不论北京、东京、纽约这些大城市有多先进，住在落后地区的人们能够满怀自信地为自己的生活感到骄傲，我希望我能起到这样的作用。

或许这两点就是我想实现的目标吧，我也是第一次被问到这样的问题。（笑）

嗯，可以再补充一点吗？刚刚想到，我为什么选择了艺术工作呢？数学的话，一加一等于二，如果没算对就会被批评；如果能够很快给出正确答案，就能得到夸奖。不光是数学，连运动、音乐，都会有标准的动作、标准的唱法，有所偏差就会被指正。但是，艺术是唯一一个当你和别人不同时，反而会被夸赞的领域。和所谓正确或标准不一致的时候，在艺术当中就会被夸奖为与众不同，有独特的个性与视角。所以只有在艺术中大家才敢于做些与众不同的事情。这也正是为什么我从20岁左右之后，就再也没有跟艺术分开过。

王耀庆：在"职人访谈"中，我曾经访问过各行各业的职人，和演员、舞蹈家、音乐制作人、戏剧导演聊天。最后我都会问他们一个问题，比如采访演员时，永远都会好奇对他而言什么是表演。老师是艺术策展人，从中学的时候开始，学习画画，研习佛像，到现在办了国际知名的艺术节。能否请问老师一个问题，艺术对你来说是什么？

北川：一句话概括，就是展现每个人的生而不同。我觉得艺术就是每一个人生活节奏的表现。这样回答可以吗？简单地说，讨厌海参的人无论如何就是讨厌海参，因此他被要求必须吃掉海参的时候不就很为难吗？仅仅是海参这么简单还好。每个人都有被要求做某些事的时候，别人强迫你必须要这么做，但你会有很多无法做到的事情吧！那是因为这不是自己真正的生理需求所渴望的。所以我的想法是，地球上有74亿人，每个人都与众不同，不就是因为人类本身就是单独的个体嘛！74亿各不相同的个体共同生存，虽然非常困难但一直共存，这也是一件很了不起的事情。这么一想我就会特别感动。

王耀庆：我们这几天看到的作品，创作者都是不同国家的人，不同年纪，经历过不同时代。来看艺术品的人，也都有不同的教育程度、不同的生活背景，来自不同的地方。但是艺术不就是一个寻求交流、寻求理解的活动或过程吗？

北川：没错。立场、国籍、年纪各不相同的人，从不同角度来看同一个作品，就像通过某种镜面球体反射出不同东西一样，对创作者也好，对观看者也好，都是通用的。因为有这样不同的呈现、多样的看法，我们了解到的事物才会更丰满，也会更愉悦。

梦之屋 /（塞尔维亚）阿布拉莫维奇

棚田 /（俄）伊利亚·卡巴科夫

番外　奥能登国际艺术节一日漫步

奥能登艺术节请来的是世界各地的知名艺术家，他们在这个地方花了很久的时间，把艺术创作和当地的自然景观融合在一起，包括我们看到的海边那些废弃的瓷器，印尼艺术家和德国艺术家在废弃火车站里的合作，都是与整体的景观相结合的。真的很高兴能够来到奥能登，看到这样一个艺术节，知道在世界的另外一个角落，有一个人召集了一群人，为了唤醒人们去思考人与自然的关系而做出努力。这是一次非常棒的体验。

北川先生说，他希望大家能用五个感官来感受这个地方。我们大部分人都生活在城市里，天空可能比较灰暗，空气可能比较糟糕。可是在这样一个乡下，空气很清新，色彩很鲜艳，整个空间很开阔，常常会听到乌鸦的叫声，感觉非常舒畅。它唤醒的，我不想说环保，而是我们对于原来的自然环境、生活环境的一种追求。

北川：这就是以前的饭田站，曾经对珠洲当地居民来说至关重要的火车站，因为使用率越来越低而逐渐被大家遗忘。这个作品是通过展示被大家遗忘的物品重现过去的回忆。这里原本是车站的检票口，往那边走就能看到被遗失的实物。保存最多的是孩子们落下的东西，虽然车站已经不再使用了，但孩子们过去上学时曾经每天来往。通过重现此种记忆勾起过去的时间。

奥能登国际艺术节（2017）海报

遗失美术馆（外景）/（日）河口龙夫

　　这个"美术馆"里展示着各种各样人们曾经"丢失"在列车上的物品，比如眼镜、帽子、手帕、钥匙等等。这些被遗忘的物品的轮廓和影子，就像那些我们看不见的记忆。

　　被遗忘的铁路，被遗忘的车站，被遗忘的站台……忘了忘了，全都忘却了。但是，"遗忘"这件事是什么呢？

遗失美术馆（内景1）

遗失美术馆（内景2）

遗失美术馆（车厢）

我们接着往那边走。朝着站台的方向走出去，就是在车站或是在列车里最常见的遗落物品——可能全世界各个国家都是一样的——雨伞。艺术家为了能更鲜明地展现记忆，将废弃的列车又搬了回来，费了不少力气，是用吊车把车厢吊过来的。

　　王耀庆：还重新铺了一条铁轨？

　　北川：对。

　　北川：来，我们到列车里看看。来这里参观的人，大部分都是过去经常乘坐这趟列车的人们，他们可以在里面的黑板上写下自己的回忆。大家的留言内容都非常真挚，不光是日语，还有中文、英文等很多种语言的留言，比如这里写了"世界和平"。大多数留言都是关于回忆的，可能有多年后重返这里的人，小学、中学或是高中的毕业生，写下"今天能回来看看真好"这样的留言。

　　王耀庆：真的都写满了呢！

　　北川：没错。

　　王耀庆：那后来的游客可以把前面人的留言擦掉吗？

　　北川：可以擦掉。不过真的写得很好的留言大家都舍不得擦。

　　王耀庆：大概只有上面还有地方可以写。请问老师，这次艺术节有多少个车站进行了像这样的艺术创作呢？

　　北川：这次共使用了五个车站，艺术家虽然来自不同国家，但都不约而同地选择了废弃的车站进行创作。这条铁路虽然现在停用了，但将来可能还会重现，而大家希望这是一条连接欧亚、连接世界、连接未来的铁道，我想他们是抱着这样的设想进行创作的。

　　王耀庆：对于大家的情感记忆而言，车站、医院、学校，都是充满故事的地方。

　　北川：正如你所说，当人口减少，铁路、学校等纷纷关闭是无法避免的事情。但我想保留下建筑物是件好事，因为大家的回忆依然停留在建筑里面。如果建筑也消失了，那大家记忆的栖身之所也随之消失了。

王耀庆: Please feel free to write words you don't want forgotten or messages for the future on the blackboard. 在这个艺术节里，所有来的人都是和艺术品产生互动的，它不只是一个陈列品，大家只是来看、来欣赏，很重要的一个部分是人和自然、和艺术品融合在一起，这是北川老师的原意，也是艺术家们的设计意图。所以，我要写点什么呢……

Q（工作人员）：这是写给未来还是写给过去的？

王耀庆: 这是全人类的希望吧，"Love & Peace"，至少是我的。也许这也是每一个艺术品带给大家最终的感动，希望这个世界充满爱与和平。

王耀庆: 这是奥能登艺术节第一次举办，总共有多少位艺术家？您最喜欢的是哪个作品？

北川: 37 位艺术家，有个人也有团体的艺术家。最喜欢哪个没法说，但有一个很有意思的作品。

在珠洲地区，铁道线路正在逐渐消失。这个过去曾经繁荣的地方，现在与东京的距离反而更远了，人口减少，最典型的结果就是铁道线路被废弃。这是最后一条铁路的遗址，两位分别来自印度尼西亚与德国的艺术家在这里做了两个艺术项目。这是德国艺术家托比亚斯（Tobias Rehberger）的作品，叫作"Something Else is Possible"。尽头处的站台上还有来自印度尼西亚艺术家努格罗霍

（Eko Nuguroho）的作品。这两个作品有相辅相成的感觉。

过去，这里是铁路的终点站，从望远镜中看过去，铁轨的那一端有一座塔，可以看到，广告牌上写着一条信息，"也许还有其他的可能性"。通过这个艺术项目，我们可以清楚地看到在当下，铁道时代虽然在此走向终点，铁轨中断处的前方却可以看到风景，是未知的可能性。如果对未来充满期待的话，某种事物就算走向了终点站，也并没有真的完结，对我而言，是颇有意思。这是一个充满光明和希望的作品，希望穿过隧道能够看到全新的世界。

王耀庆：真的像时光隧道一样。其实这个作品在不同角度看会有不同的感受，在前面看像一个镜框，从轨道那边看过来像一条隧道，这边看起来又像是一条鱼、一个扭曲的空间。我想从望远镜里看到的，不仅是对面牌子上的"Something Else is Possible"，不光是 something else（其他的事情），而是说通过艺术作品，通过人的作为，很多时间、空间其实是可以穿越的，很多想法也是可以穿越的。

Something Else is Possible/（德）托比亚斯·雷贝葛

　　从"旧蛸岛站"出发，走过漫长且破旧的铁路，转而置身在巨大的彩色"旋涡"中，从过去的痕迹到展示未来的作品。时代，仿佛也经由沿路空间和景色而产生了变化。

北川：这是中国艺术家刘建华的作品《漂流的风景》。这里有来自中国陶瓷圣地景德镇的瓷器，也有本地珠洲烧的碎片。珠洲这个地方有着日本最古老的陶瓷烧制窑厂，将两个陶瓷圣地相互结合，将大陆与海洋、中国与日本的文化交流做一个展现。我想这是这件作品的意义之一。

另外，因为珠洲是半岛地区，这里过去经常会有遣隋使、遣唐使、渤海使等来到，还有流传过来的其他事物与人。而这些流传至此的物品与文化则变成这个地区的营养，传承了很多东西。像这样文化从中国流传到日本，日本又孕育出自己的文化。珠洲人将从其他地方漂流过来的事物奉为神，称他们为"漂流而至的神"，这个作品也表达了这种漂流神崇拜。

王耀庆：这很有趣，结合了中国的陶瓷和当地的瓷器，但是打碎之后堆积在海岸线上，好像海浪打过来之后，很多垃圾留在海边等待大家从中发现。这是一种交集，感觉上也很像一个环保的作品，有这样的意思吗？

北川：没错，如今的现实情况是，被扔进海里的垃圾会漂流聚集至此。现在虽然是垃圾，但正是通过如此融合过程，也可能转变成正面的事物。以垃圾为喻，从生态学角度向好的方向转变，最终达到文化的交融结合，或许这就是艺术家的期望吧？！意涵很丰富，这个作品真的很棒，接下来可能会考虑在当地的珠洲烧博物馆以另一种形式进行展示。

王耀庆：这里是不是还有一个时间的概念？我看到有陶瓷做的飞机、火车、键盘、吉他，也有古代的瓶子、碗，来自不同地方、不同时间。这些以前的东西放在现在，好像是垃圾，但其实已经成为了新的作品，而且又有好多对比同时存在于现在这个时空里面。

北川：说得没错。

王耀庆：从2000年第一次越后妻有大地艺术节，到现在有多少

漂流的风景 / 刘建华

　　位于非常壮丽的珠洲见附岛海边，像是由大海的冲刷和运送而来，除了对环境和生态保护的思考，似乎也询问了今天文明的应有的状态。

那天跟北川老师一起看了很多艺术作品，傍晚的时候，我们又回到那个废弃的车站，在结束拍摄行程之前，跟老师坐在站台的椅子上抽烟闲聊……

人次参观？对当地产生了多少影响？有一个确切的数据吗？

北川：2000年刚开始做的时候，人数确实很少。后来人数慢慢地变多，前年（2015年）举办了第六届，据统计，第六届共有50万人次到访。另外还有一个特征，只要去过一次的人，大多会再回来好几次，回访率特别高。

王耀庆：老师除了在奥能登和越后妻做艺术节之外，还有在其他地方做过类似的项目吗？

北川：在濑户内海这个地方也举办过，濑户内海是日本非常重要的内海地区，就像在母亲的腹中一样，是日本的动力来源。2010年我们在那里举办了艺术节，2016年正好举办了第三届。另外还有2017年春天的信浓大町，这是日本的阿尔卑斯山，在海拔非常高的地方举办了艺术节。

王耀庆：太辛苦了。

北川：确实。不过艺术节确实会通过聚焦生活在这片土地上的人，使人们能够再次理解自己所处的地域，而我也希望能够为此尽上一份力。

今天和王先生转了很多地方，虽然这里是已经废弃的车站，但两个人一起坐在这里，看看天空，看看土地，我觉得很感动。我们日本列岛是一个岛国，接纳了众多文化并传承至今。我们真的是从中国那里接收了许多东西，就像今天看到的刘建华的作品所表现的那样。

现在，不仅仅是在日本，在中国，在世界各个地方，都有兴办艺术节的趋势。我们也希望能够给日本以外的地区，比如在中国举办的艺术节，尽一份绵薄之力，也算是对从中国流传过来的众多文化事物的一份小小报答吧。

王耀庆: 老师您把我接下来要问的两个问题回答了……

运送时光的船 /（日）盐田千春

北川：啊，是吗？那就把那部分删掉再翻译吧。

王耀庆：不不不，大丈夫です（没关系）。我本来想问的是，一开始决定要做，不管是地域振兴，还是用艺术做一些什么，到现在将近二十多年的时间，如果人生像铁轨一样，那么到现在坐在这个车站，停下来看看前后的风景，这时候心中的感觉究竟是什么？可是，刚刚听您说完，又看看这里的铁轨，前后其实什么都没有。但两个人就这样坐在这里，看着天空，仿佛等待着什么，感觉也很棒。

我注意到老师两天打的都是红色系的领带，是因为老师喜欢红色吗？

北川：我喜欢红色。

王耀庆：我今天穿的是红色的内裤，但是不方便给您看。

北川：嗯，我一般也穿红色内裤。

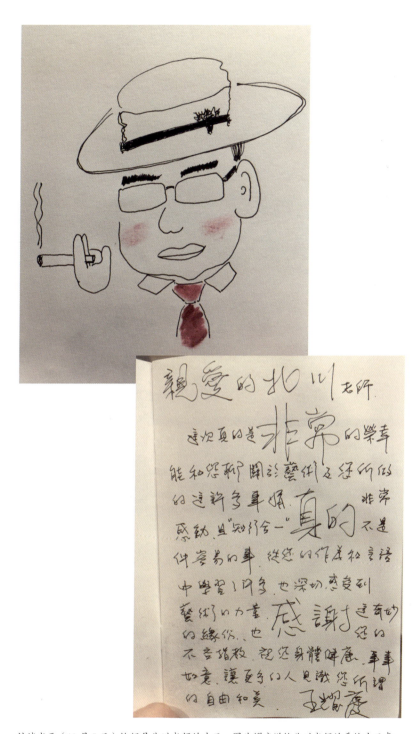

访谈当天（10 月 5 日）恰好是北川老师的生日，图为耀庆送给北川老师的手绘生日卡

在一定的地理范围内，有着共通或共享的世界。
要有图书馆、画廊、音乐厅，
再有面包店、米店、蔬果店、猪排店、西餐厅，当然还要有酒吧，
这些对整个区域而言都是很重要的存在。

CHAP 9

DAVID WANG
at
HILLSIDE TERRACE

王耀庆 at 代官山

幸福与罗马一样，不是一天建成的

如果只能在东京停留 24 小时，那么我愿意把时间都留给代官山。跟银座的奢华和涩谷的拥挤比起来，这里显得高雅、私密和安静。代官山聚集了日本艺术界、建筑界、时尚界最前沿的事务所和商铺，这里的房源供不应求，每年来排队申请入驻的人和商铺络绎不绝。

代官山为什么会如此特别？也许是因为有这样三个人。

地产商朝仓家族，拥有土地却选择不做高密度大规模的商业开发；建筑师桢文彦，以超越时代的远见，用 25 年时间完成了被称为"白色几何圣殿"的 Hillside Terrace 建筑群；艺术总监北川富朗，赋予整个地区以生动的灵魂。他们互相影响，彼此成就，打造了都市里的村庄——代官山。

而我非常幸运地，在 2017 年 11 月明媚的秋日里，采访到了这三位前辈，听他们讲述 50 年来代官山的光阴故事。

建筑，幸福，家

2010 年，我参演了林奕华导演的舞台剧《命运建筑师之远大前程》，戏里一直在探讨的是三个关键词：建筑、幸福、家。拥有一套房子是否就代表着拥有幸福的"家"呢？答案显然是否定的。家，从来不是一个物质性的名词，它是跟人有关的，家人在哪里，哪里就是家。

在访问临近尾声的时候，我问朝仓先生，"代官山"对他来讲意味着什么。他的回答非常简单："代官山啊，就是我们努力守护的家园吧。"这句回答没有引起在场任何一个人的注意，因为它既没有野心勃勃的宏图大计，也没有业界大佬常有的志得意满，但却让我想起《远大前程》最后一幕出现在舞台上的那栋小木屋。经历三小时的剧情起伏，这栋一直在建设中的"幸福皇庭"终于竣工，只不过它被拆除了所有的墙壁，只留下空的骨架和一盏灯，但却越来越接近理想中"家"的样子。

可能是因为朝仓家族世世代代住在这个地方，所以他们希望把这整个区域，而不仅是自己居住的房子，打造成为一个更适合人们居住的、充满幸福感的街区。因此他们所有的选择和决定，都是基于这个出发点。例如，即便在后期政策允许的情况下，依然坚持新修的建筑物限高 10 米的规则。听北川先生讲，九十年代日本泡沫经济时期，朝仓家族手里拥有大量土地和资本，当时如果出手想挣多少钱都没问题，可是他们完全没有动。我想，关键的原因在于他们不是只看眼下的事情，而是很长远地为土地的将来打算。

我是一个喜欢快走的人，大概一小时可以走七公里，但在代官山就会不由自主地放慢脚步，除了因为这里的建筑和别的地方不

太一样之外，也很想要去探索，想去每一个巷子里面逛一逛那些个性的商店。朝仓先生、桢老师和北川老师，他们三位非常"任性"地保存了那些被现代商业逻辑抛弃的商铺：一年四季只卖圣诞产品的礼品店、25 年来只出售炸猪排饭的家庭餐厅、售卖六十年代复古牛仔装的古着店、在 Hillside Terrace A 栋经营了 33 年的法国餐厅……这些保存着居民公共记忆的空间，带给人们极大的安全感，而这些都来自于整个地区对于"个体"和"个性"的欣赏与尊重。

　　我尝试跟朋友解释为什么这次要去代官山做《职人访谈录》，这三个人到底有什么了不起。这里的建筑物并不高，也不华丽，但它们是五十年前就开始构想的前卫设计，到了今天依然让人们看着很舒服、很时尚。我记得在桢老师的书里，他曾说过，"建筑不应该仅仅表现它所处的时代，而应该超越它所处的时代。"如果没有加上时间这个维度，是没办法感受到它的伟大之处的，唯有时间才能验证经典。当你来到这个街区，感受到其中的设计感、幸福感，才能体会和懂得这三位职人守护和打造的，这片被称为"家园"的街区。

北川富朗在 Hillside Terrace A 栋二层艺术沙龙

桢文彦在 Hillside West 桢综合计划建筑事务所

朝仓健吾在朝仓家族旧宅

时间：2017 年 11 月 1 日

地点：日本　东京·代官山 Hillside Terrace A 栋二层艺术沙龙

呈现个人喜好的部分，也造就了这片街区的独特趣味

王耀庆：我们现在身处的这个地方，其实是一个小型社区沙龙，上层是图书馆。虽然小，但是在代官山地区，很多知名人士或是各行业的尖端人士都会在这里聚会，互相交流，这里算是代官山区域文化的心脏。没有想到我们真的可以实现这个采访计划，今天在东京再次见到北川老师，在明天采访桢文彦先生和朝仓先生之前，先跟老师碰面，让我觉得很安心。（笑）北川老师第一次来到代官山大概是什么时候呢？

北川：算起来差不多是三十年前了。这里的业主是朝仓兄弟两位先生，最开始是建筑设计师桢文彦老师与我商量，还有设计师粟津清老师。那个时候 Hillside Terrace（代官山最早建成的集居住、商铺、办公于一体的复合型社区建筑体）的建筑和硬件设施基本已经完成，随后重要的就是填补软件内容，例如举办不同的活动。经过多方咨询推荐，他们觉得"如果找人做的话，那北川应该可以吧。"于是我就收到了他们的入驻邀约。

那时我自己和我的公司正处于十分困难的时期。虽然很高兴接到邀约，但是面对房屋的押金、租金或是装修费用等等，都没有钱可以支付，我只好回复说，"很感谢，可是我现在没有钱。"他们却说钱什么的现在都好说，总之请先参与进来，我想既然是这样，就搬过来了。所以从这个意义上来看，这世界上居然还有这样的业主，让我感到很惊讶。也是为了报答吧，大概五年之后，我付清了原本应当花费的所有费用。但其实我们的业主朝仓先生，不太喜欢我对外说这件事情。

王耀庆：为什么？

北川：嗯，那个……

王耀庆：我知道了！这样的话大家没有钱都会来找朝仓先生，说请让我来这里入驻吧。

北川：没错没错，是这样。所以我就这样被邀请搬进来，非常高兴，这里真的是很好的街区，我也希望能在这里发挥我的作用。搬过来之后，我就和朝仓两兄弟，还有桢文彦老师一起商讨，到底能为这里做些什么。代官山毕竟是东京的街区，我们主要探讨的问题是这个街区缺失了什么。虽然地方不大，但我们希望社区变得更好，进而吸引不同的人群来到这里。以此为目标，我们开展了丰富的文化活动，尝试重新开展小规模的祭典庙会；或是开办像这样的图书馆，对于整个 Hillside Terrace 的街道建设来说，图书馆会是一个非常和缓、知性的空间；另外，我们还会举办不同国际艺术家的展览，等等。因此，这里从兴建至今已经有近五十年了，依旧被评为日本最好的街区。

正因为 Hillside Terrace 社区的影响力，很多充满活力的人们，比如新锐的建筑设计师、平面设计师，还有发现未来商机的人们，都蜂拥而至，真心希望能够加入。举个例子，茑屋书店，对于他们来说，能在代官山有自己的基地是长久以来的梦想，但在他们入驻之前，我作为代官山原驻人员的代表，和茑屋书店商讨了很多事项。新入驻的店家总是会希望修建新的大型建筑物，但代官山街区却有一些规定，例如不能建造高 10 米以上的建筑物，不设置大型停车场。但茑屋书店对此规定给予充分理解，他们考虑了这些因素，为打造适合代官山地区的书店做出了许多努力。正因为我们会与每一个像茑屋书店这样的入驻商户进行商讨交涉，在大家的理解和爱护下，这片区域才会越变越好。

当然，更重要的原因是，朝仓兄弟他们就住在代官山，他们的家就在这里，如果仅仅是在这里开发土地，而住所在其他地方，大概也就不会有现在的样子。

王耀庆：我这两天都在这个区域活动，我发现走在路上的人，

茑屋书店外观

茑屋书店内景

在车站或是在路上，都有一种莫名其妙的幸福感。他们的脸上总是挂着迷之微笑。对我而言，这跟东京其他的地方感觉不太一样。我觉得原因是在于，不管是社区也好，环境也好，大家对于这个地方有一种信任感和安全感。这可以算是三位老师花了这么久的时间经营出来的一种成果吗？

北川：社区的人们会时不时地聚集在一起，商讨祭典事宜，或是各种沙龙活动，我相信这里每个居民的内心或多或少都有一定的共识，"把这个街区变得更好吧！"我想这是很少见的事情。

一般来说，像茑屋书店，客流高峰是下午 6 点前后，大多数的店铺都是这样，人们都是在下班路上顺道过来。但我们希望把这片街区打造成下午 3 点左右最受欢迎的街区，可以吸引外国朋友前来，可以带着爱犬前来，也可以推着婴儿车前来。大家有共识，希望能够打造一个其乐融融的街区，来的人都觉得很自在、很放松，目前看来，也确实很好地推进和实现了目标。

王耀庆：我们之前也做了一些关于这里的背景资料调查，了解到整个 Hillside Terrace 花了将近四十年的时间才打造出来。一位地产开发商，联合建筑师和艺术家们，用几十年的时间，一步一步把一个社区营造成他们想要的样子。这实在是一件很了不起的事情。请问老师，在当年建设之初就有一个远景，或是一个目标吗？比如我们希望二十年后大概会是什么样子之类的？

北川：我认为这种意识恐怕是比较模糊的。这里的业主朝仓家族从祖辈开始就在此居住，他们应该也预想到了子孙后代们仍会继续住下去，因此他们认为需要和周围的居民、商铺的租户共同努力打造这片地区，这一姿态至今未变分毫，这是最难得的。

当然，我们还是会面临时代潮流的冲击。东京这个大都市，每时每刻都在发生巨变，在各种社会经济因素影响之下，如果大家都想去更流行、更热闹的地方，租户流失，那就很糟糕了。所以最需要做的是，努力留住这些稳定且优质的租户。就我个人的参与经历

而言，一开始，朝仓先生和桢老师都同意代官山这里需要画廊，所以他们会认为可以叫北川过来。想必当时他们两位也预见到了，我将来除了开办艺术展览之外还会有别的动作，这是他们经过深思熟虑之后才采取的行动。

从土地开发经营的常规角度来看，一栋大楼建起来了，通常的做法是紧挨着它建下一栋。但挨得太近会过于拥挤，所以他们在建设这片街区的时候，是保留一定的宽裕空间来设计的。这也是因为土地是自己的才能实现吧。如果是花钱购买的土地，可能就需要考虑如何高效利用，获取更大利益并迅速变现。

我们想得更多的是，"不能只考虑当下，不能只考虑利益"，这种想法应该已经深入这片土地上所有人的身体里了吧！这恐怕也是因为朝仓家族从祖辈就在此居住才能够达到的境界。

王耀庆：嗯，希望人们在街区里有更多的交流、更多的活动，所以找来了优秀的建筑师盖了很漂亮的房子，又请了北川老师来。但是即便有这样的优势，有这样的愿望，当时怎么就知道，艺术跟建筑本身的力量可以带动这整个区域的活力呢？这个信念是哪里来的呢?

北川: 我想朝仓先生他们,是在日常不停地思考并学习当中逐渐确认了这一点,虽然用学习这个说法有点奇怪。他们年轻时被父亲委任策划这片区域的开发,那时最简单也是最真心的想法,就是找最好的建筑师来进行设计,而委任桢文彦老师也证明了这点。虽然不知道我算不算是能胜任的人选,但当他们接下来想要把艺术引入社区的时候,也是经过了多方询问,才觉得找北川应该不会错。这透露了他们在人选方面是很慎重、很有想法的。

现在,这里有很多租户蜂拥而至,都想要租赁商铺,但朝仓家族希望吸引优质的租户,从来不以金钱实力进行衡量,无时无刻不在学习、思考什么样的人选是打造这片街区所必要的。

王耀庆: 可以凭个人喜好选择什么样的商户入驻,这件事情实在是太酷了!如果说老师们不喜欢吃比萨,就可以说比萨走开,汉堡进来,是这样子的吗?还是说会参考大家的意见,觉得这个地方应该有什么就选择什么?

跟随前田小姐(北川老师的同事)游览代官山各色商铺

北川：我想可能是前者。（大笑）我认为这样的好处是，我们能看到所谓的市场分析看不到的生机。说不定他们真的只是在挑选自己喜欢的商户入驻，而呈现个人喜好的部分，也造就了这片街区的独特趣味。若是所有的事情都根据大家的喜好，根据市场而定，那整个日本、整个世界就被同化了。因此我们很看重个人的好恶，讨厌的就是讨厌，虽然听起来像是开玩笑。

很多媒体都想采访代官山，但桢老师和朝仓先生都不太会接受。可如果是某个熟人介绍过来的话，那么朝仓先生会接受采访，桢老师也会接受采访。我想他们在做事情的时候，很看重像这样的个人关系，也很看重自己的判断。很遗憾这里没有比萨店，但有法国菜和日本料理入驻。还有一家叫 Christmas Company 的店，一年到头都卖圣诞节的商品。正是因为凭个人喜好进行选择，这类具有特色的小店才能在此安身吧。

既要做一些走在时代前端的新事情，也保留重要的老传统。如果完全从商业利益的角度出发，肯定都要做现下流行的，那就失去了趣味性。所以刚才也说了，这里不靠市场营销，我想这才是代官山最大的特色。

王耀庆：对，我们的特色就是任性！

北川：这样才好啊！

都市乡村拥有最小单位的各类必需品，是一个共享的世界

王耀庆：接着之前的话题，这样的一个地方，汇聚了很多优秀的人才，带动了整个社区。但是未来呢？以后的城市和人大概会是什么样的关系呢？这个社区未来会是什么样子呢？

北川：我们做了很多事情，但大的都市计划是由国家、东京都政府进行规划的。这里不谈论都市计划，而是要考虑我们该如何规划自己的社区。这里既有业主，又有商户，大家一起和睦共处，就像过去的小乡村一样。因此，这里的理念就是"都市乡村代官山"

（Urban Village Daikanyama），希望能够打造出都市中的村落型社区。世代变迁，不同的人会不断地参与进来，而一直在这里的人，不管是居民，还是在办公室或是店铺工作的人，目标都是创造出能够让大家幸福快乐地工作及生活的街区。

现在我们还有另一个重要课题，都市人口是不断变化的，不仅仅包括在这里生活的人，移动的人群也属于都市人口，如何为这些人创造出他们的街道，是我们所面临的课题。比如当地震等灾害发生时，恰好在这个街区的游人、顾客等，我们能够在灾害时保护这群人。思考如何打造对移动人口而言安全、温暖的街区，我想这将是今后的趋势。

王耀庆：啊，好想住在这里！

北川：还有一些空着的地方，很多想入驻开事务所或是居住的人正在等候。

王耀庆：明天我会见到朝仓先生，要问他可不可以卖我一户。

北川：你先申请看看吧！朝仓先生挑人的时候很任性，说不定到时候就说可以呢！

北川先生在他的办公室

王耀庆：老师也在越后妻有、珠洲等实际就是乡镇的地方工作过，您怎么看待传统意义上的乡村和代官山这个"都市乡村"的概念呢？

北川：我们想实现一个具有人文气息的街道文化。所谓幸福，其实就是早上起床出门，路上会遇到向你点头问"早上好"的人，我单纯地认为这就是一件很棒、很美好的事情。

说到真实的乡村，比如中世纪时期的西欧乡村。那时村子里有教堂，通过钟声的不同就能知道发生了什么。钟声敲响，可能是有人去世了，或是今天发生了好事情，我认为这样就是在一定的地理范围内，有着共通或共享的世界，我们希望能够打造那样的都市乡村。所以这里要有图书馆、画廊、小型音乐厅，再有面包店、米店、蔬果店、开了很多年的猪排店、西餐厅，等等，当然还需要有酒吧等，这些对整个区域而言都是很重要的存在。

总体来说，都市乡村是拥有最小单位的各类必需品，符合人们生活方面和精神方面的双重需求，是一个共享的世界。

王耀庆：这是因为现在居住在城市里的人，尤其是日本，是以小家庭为单位居多吗？因为考虑到这些，所以才想要把这个区域打造成一个大家庭的感觉，每天都很舒适地生活在这里，是朝这个方向去努力吗？

北川：没有，我不这么想。相反，我是希望每个人都是独立的个体。入驻这个地区的建筑类或设计类的店铺，都聚集了极富个性的人，每一个人都自立且独立地工作。但是像这样的一群人，经常聚在一起，共同工作，那个氛围是很美好的。现如今，在城市当中有一种可能，就是通过某种文化的共通性，通过合作而形成一个社区，我想这也是代官山最先开创的吧。

王耀庆：最后问一个问题，这三十年来，北川老师跟朝仓先生、桢老师有意见不合的时候吗？

北川：当然有的。如果是朝仓先生的话，他就会"嗯，嗯"先应着，遇到他不太赞同的事情就先沉淀一下，之后可能就搁置了。

而桢老师的话，基本上讨厌的事情就会直接说讨厌。朝仓先生是一边说"嗯"一边听着，过一段时间再决定，算是他惯有的处理方式，也能比较好地处理事情，所以说很像江户时代好房东的感觉。房东肯定是要照顾住在房子里的住户嘛，虽然有个人喜好，但也会平衡好每个住户的需求，不会太着急地处理事情。如果是朝仓先生觉得不错的人，即使是说了奇怪的提议也不会遭到他的反对，但也绝对不会马上实施，哈哈。所以我还能和他一起工作，真的是非常感激啊！他们十分重视那些花了很长时间培养出来的重要的人和事。我觉得这是整个日本都罕见的，还保留着江户时代的美好传统。

最不可思议的是，朝仓先生他们在最有利可图的时候，什么都没有做。日本在 1990 年的时候处于泡沫经济时代。朝仓家族手里拥有这么多的土地和这么多的资本，过去又是制造商，在当时要是出手的话想挣多少钱都没问题，可是他们完全没有动。所有人都不理解，朝仓先生到底在干什么。真是让人觉得很不可思议。但我想对他们而言，比起挣钱这件事情，更多也更长远的，是考虑人与土地的关系。

Hillside Terrace 其实指的是东京大地的边缘。这里和江户城是同一片大地，整片地域从这里开始下沉，有高度落差，所以有很多坡。朝仓家过去是经营米店的，为什么会选在这里呢？就是因为他们利用水车，水会往下流，用水来舂米、研米。现在 Hillside Terrace 已经成为东京潮流地的代名词，但潮流地标的名字来自大地边缘的意涵，这个反差让人觉得很有意思。我最开始来的时候，是这里刚开发的时候，什么都没有。

王耀庆：真的假的？那这栋已经有了吗？

北川：这栋建筑物已经建好了，但周围就没有别的了，只有一些过去的老房子。A 栋建筑物建起来之后，带动了整个周边地区，当然伴随着整个日本城市发展的大趋势，变成现在这样氛围很棒的社区，五十年前真的完全不敢相信。

桢文彦

日本建筑大师、普利兹克奖得主

日本现代主义建筑大师,"新陈代谢派"创始人之一,在日本建筑界拥有崇高的地位。

1928 年 9 月 6 日出生于东京。1952 年毕业于东京大学工学部建筑学科,师从建筑大师丹下健三。1953 年获得克莱恩布鲁克艺术学院硕士学位;1954 年获得哈佛大学建筑硕士学位;1956 年任华盛顿大学副教授;1962 年任哈佛大学副教授。1965 年创立桢综合计划建筑事务所。1979 年任东京大学教授;1962 年、1985 年两次荣获日本建筑学会奖。1993 年荣获普利兹克奖,1999 年荣获世界文化奖,2011 年获美国建筑家协会评选"世界建筑界最具影响力个人"金牌殊荣。

时间：2017 年 11 月 2 日

地点：代官山 Hillside West 桢综合计划建筑事务所

建筑设计这件事，关乎将来会使用它的人，或者说会路过它的人

王耀庆：感谢桢老师能够拨冗接受访问。老师从事建筑行业这么久的时间，今天我们也只能从门外汉的角度聊一聊。能不能请老师谈谈对您而言，建筑是什么？

桢文彦：建筑设计这件事，关乎这个建筑所在的地理位置，将来会使用它的人，或者说会路过它的人。我希望建筑能够为这些人形成某种正面的影响，这也可以说是建筑的一种社会性。

王耀庆：老师一开始是怎么对建筑产生兴趣的呢？因为在日本有很多是二代目、三代目，家族世世代代都在做一样的事情，但老师似乎是家族里面第一个从事建筑设计的。

桢文彦：建筑设计我是家里的第一个，但我母亲家是经营建筑施工公司的。所以当我还是孩子的时候，只要有建筑竣工，他们就会带我去看，小的时候经常看。

王耀庆：代官山项目是老师回日本后接的第一份大型工作吗？

桢文彦：不是，我是 1965 年回国开办了桢综合计划建筑事务所，那时 37 岁。代官山这个项目是两年后的 1967 年接的。

王耀庆：这个项目特别的地方在于，它是用了 25 年才完成了整个区域的设计，而且这里算是一个私人的区域。这个区域对您来说是不是比较特别？

桢文彦：我开始接手这个项目的时候，这里属于比较安静的地区，有很多老宅子，与现在的街区截然不同，毕竟都是 50 年前的事了。到目前为止，朝仓先生名下的土地都已经开发完毕，算是为代官山项目画上了句点。我们现在所处的位置也是朝仓先生名下的土地，叫 Hillside West(代官山西区集合住宅)，地处整个代官山西边。这里是在 Hillside Terrace 建成之后，过了五六年才启动开发的。

工作中的桢文彦先生

王耀庆： 通过一些资料我们发现老师接手的大部分都是公共领域的设计案，比方说大型图书馆、丧葬场、学校、公园，类似这样的项目。老师偏爱公共设施的设计，是因为老师对人有兴趣吗？希望设计的空间可以影响参与其中的人的活动？

桢文彦： 确实，作为私人委托的项目，代官山是我们成立以来所承接的项目中独一无二的案例。但是，虽说是私人委托，因为土地面积很大，需要考虑街区整体设施的设计使用，自然而然需要满足各种人群的需求，而这一点是我们非常重视的。看了整片区域的建筑成果之后应该就能有所了解，这里不仅仅有商铺、咖啡店等等，还会有画廊、图书馆，另外在地下还建了音乐厅，在设计的过程中考虑了建筑物作为公共性质的设施，对人的活动产生的影响。

王耀庆：刚刚老师也说到，50 年前和现在比有很大的改变。时代在改变，但您的设计却能一直保持新鲜感，是因为老师做建筑设计的时候有什么一直秉持的理念吗，比如对人们生存空间的关注？

桢文彦：没错，是这样的。整个 Hillside Terrace 总共耗费了25 年的时间打造，所以里面最老的楼已经有 50 年了，最新的楼也有 25 个年头了，但是建筑物所拥有的 freshness（新鲜感）始终不变。虽然建筑有些年头了，但建筑本身和周边的环境并不会随时间推移而呈现陈旧老态之感。比如在 Hillside Terrace，现在有一间画廊，而画廊前面有一间咖啡店，咖啡店与画廊合二为一的设计在当年是较为少见的案例。一般大家说到画廊、美术馆，肯定都觉得要有大门，而大门只欢迎付钱买门票的人进来欣赏。但这里的画廊一反常态，从外面也能清楚看到画廊里面。

王耀庆：我想问是什么支持老师一直做到今天，到了 89 岁还在一直往前走。

桢文彦：保持身体健康很重要，尽管身体是父母给的，DNA 决定的，不是我自己选择的。而且我自己对于建筑、建筑设计的兴趣至今不减，未来虽然可能所剩时日无多，但这个兴趣想必会一直持续下去。

王耀庆：老师有考虑过如果不做建筑设计师的话，会去做什么呢？

桢文彦：没有考虑过。（沉思一会儿）啊，也许可能是成为一名学者，学习建筑史和技术，等等，成为那方面的专家吧。所以我现在也在着手写书。我对建筑技术也很感兴趣，但这些最后都会集中呈现在自己的设计中，或许会过这种生活吧。

王耀庆：昨天我们在北川老师的办公室，那里算是 Hillside Terrace 早期的作品。很快，这整个区域就要迎来建筑建设的 50 周

年。我觉得这里最伟大之处在于，50 年前的设计在今日看来，依然充满了时尚、前卫的感觉，而且让人觉得很舒服。

桢文彦：这个不单单是我们努力的结果，还因为有朝仓先生这样的业主，十分爱惜他们出生的这片土地。不仅是 Hillside Terrace 这一片，还包括周边地区，他们希望能把这里打造成美好的街区。以及像北川先生，致力于艺术领域的推广，所以会提议在这里开展各种有趣的活动。得益于大家的努力，整个街区一直呈现出新鲜的样貌。

王耀庆：我猜想，老师平时不太会去评估成功与否这件事情。就像我采访北川老师，感觉他也不太会去考虑未来是什么样子。但是我偶尔又觉得，只靠热情去坚持自己的喜好是不是一件很傻的事情呢？除了热情之外，还有什么是您能够一直前进的动力呢？

桢文彦：对我来说，那当然是因为工作一直让我觉得非常有趣！不同于那些重复作业的职业，建筑设计的工作无法预知接下来做什么项目。虽然我们自己也干了 50 年，但今后还会做什么项目，不到下一个你永远都不会知道。就像王先生你是演员，你也无法预测自己下一次会接到什么角色，两者是异曲同工。但也正因为如此，才有意思，不是吗？

番外 对话代官山土地所有者——朝仓健吾

时间：2017 年 11 月 2 日

地点：代官山朝仓家族旧宅

王耀庆：我们了解到，朝仓家族最开始是做米粮生意的，后来随着时代的变迁逐渐转型。但是以一个地产开发商的身份来说，拥有土地，开发之后应该尽快地把房子卖掉或是租出去，从中获利。但很奇怪的是，在代官山这个区域，您似乎并不是这样决定的。

朝仓健吾（以下简称朝仓）：大概要感谢我遇到了对的人吧！比如说桢老师，最开始认识他的时候，其实没有提前了解过桢老师的理念。但我们在和他聊天的过程中，觉得他是值得尊敬的人。随后委托他设计，说我们想打造成什么样子，但也并不是一开始就决定会合作这么长时间，当时只是从一个案子做起，而做出来的成果，

朝仓家族旧宅，至今仍保留在代官山

周围的人，还有媒体，都给予了很好的评价。于是大家都觉得这个不错，那就一起来做下一个项目吧。像这样一点点慢慢地推进。土地也不是一开始都空着的，而是逐步把原本用于其他用途的土地拿过来做这个项目。资金也不是一次性到位，也是一点点慢慢积累投入。所以花了三十年左右的时间才建成的。

像您刚才问到的，如果是购买来的土地，可能首先就会考虑盈利挣钱，但因为这里是我们从小到大居住的地方，几代人的生意也在这里，土地也一直是我们的，所以说从来没有过卖掉这里的念头。我们想的是怎样才能维持这片土地的活力，我们的家在这里，也能够创造收入，所以才会一点一点去做，正因为不是大企业在开发，所以会自然而然地从这个方向考虑。

王耀庆：当初是先遇到了桢文彦老师，然后是在什么样的情况下开始跟北川老师合作的呢？

朝仓：认识北川老师是因为桢老师。因为桢老师为我们的土地做建筑设计，硬件设施、各种建筑一个接一个地建好了。桢老师的

朝仓先生的面包店

设计中有很多想法，建筑之中也会有不同的公共空间，接下来就要解决怎么使用这些空间的问题。这时候，桢老师就在偶然的情况下给我们介绍了北川老师，我觉得这是最好的安排。

王耀庆：整个代官山是一个充满幸福感的地方，走在路上常常会看到大家脸上挂满微笑，十分成功并且让人向往。在这么多年的合作过程当中，你们三位有意见不合的地方吗？

朝仓：当然啦，每个人都应该有不同想法。但三个人各自有负责的领域，每个人都是个体，所以相互不会越界。关于设计的事情都听桢老师的意见，在各种文化艺术活动方面则会听取北川先生的意见，而我们就负责提供场地。这样分工合作，不乱插嘴，可能就是维持良好合作的秘诀吧。

王耀庆：在和北川老师的访谈当中，他说几位老师常常会做很多任性的选择，比方说挑选新的店铺进驻，当然首先是符合当地居民的需要，但是这里面也有很多时候是看老师们的个人喜好。所以想请问，挑选店铺有什么准则吗？就是任性吗？

朝仓：哈哈，没有什么固定的准则呀！因为我们自己也住在这里，当然不希望发生一些令居民们不愉快的事情，所以基本条件的筛选肯定是有的。如果全变成法国餐厅又会很无趣，因此也要平衡地吸取不同店铺入驻，当然也要考虑怎么做可以挣到钱。但在这些之外，最应该考虑的是什么呢？以我们的常识出发，思考什么样的街道才是赏心悦目的，在这个基础上又能赚钱，当然更好啦。并不是说即便不挣钱也一定要做，也不会因为要盈利，只要能挣钱不管做什么都好，这中间的平衡很微妙。

王耀庆：但是这个平衡实在是很难，以旁观者来说很难理解。比如说有两家店是从 1973 年开到现在，昨天前田小姐（北川先生同事）介绍说，一个是整年售卖圣诞装饰品的 Christmas Company，一个是 Tom's Sandwich。两家店开到现在，比我年纪都大，已经有 45 年了。它们在最好的地段，租金应该非常高吧，还是您其实不收

他们的租金？

　　朝仓： 当然收。Tom's Sandwich 是非常有名的店，是东京的第一家三明治餐厅，因为开了很多年，许多人都是他们家的顾客。他们的价格也偏高，按做生意的标准来看，确实不能算是盈利很高的店铺。这就是刚刚说到的，比起挣不挣钱更重要的事情，桢老师和北川先生经常这样说，"不能只考虑通常情况下更挣钱的做法，而是要用更长远的眼光看事情"，真正美好的事情说的就是这样的事情，我们相信他们的话。其他人说的话，很多时候都不能完全相信，但桢老师和北川先生说的话，最后往往证明是正确的，这样的事不在少数。

　　王耀庆： 现在朝仓家族还是居住在这个区域吗？

　　朝仓： 不是所有人，但还有很多亲戚都住在这附近。

　　王耀庆： 是一个大家族吗？

　　朝仓： 算不上大家族吧。现在的日本，所谓家族已经慢慢消失，大家都逐渐变成独立的个体。虽然不是过去传统的大家族，但我们表亲的兄弟姐妹都还住在这片区域附近，也有的入驻了 Hillside

Terrace。

王耀庆：从以前的祖屋，发展到现在这样一个现代化的区域，朝仓老师守护这片土地的心愿化为行动，一直坚持到现在。您会设想也许之后 50 年，代官山会变成什么样子吗？

朝仓：关于下一代有什么考量，我就不清楚啦。从结果上来说，刚刚提到那些我们所做的事情，从一般人来看可能会觉得我们太不会做生意了，或是会觉得还有更赚钱的生意，但实际上，因为我们过去做的这些努力，代官山这片地区确实是升值了。所以我们这些年做的事情是正确的，但下一个 50 年继续做一样的事情是不是一个好方案就不得而知了。

在日本，经常是这样一个模式，大家看腻了，就拆掉旧的建新的。但我们觉得不应该是这样，还是更希望后面的人能在我们的基础上，建立下一个目标继续推进下去。但究竟具体能做什么，50 年后这么长远的事情，现在无法预估。如果能像现在一样可持续地发展下去当然最好。

王耀庆：所谓的"可持续"指的是什么呢？

朝仓：这种"可持续"，指的不是扩建更大的地方或是钱赚得多少，而是具有文化性。不知道用"文化性"这个词是否贴切，但意思是说，一个地区自身的经历和故事是拥有精神力量的。建筑物可能会慢慢损坏、变老、变旧，但是代官山地区的居民却会在这里发生更多有趣的事情，那么即便将来不知道朝什么方向发展，只要整个区域的人文价值获得提升，就是一件好事。

王耀庆：经过了时间的验证，证明这许多年间做的事情都是正确的。所以想请问您，在这附近朝仓家还有空的房子可供买卖吗？

朝仓：现在已经没有了，但还有一些租借出去给别人的土地。不知道能不能获得对方的理解，这些地方可能还可以收回开发一下，像代官山车站边上的一些地方。目前已经没有闲置的土地了。

王耀庆：将来盖好房子之后请通知我。

朝仓：请您买一栋！

王耀庆：哈哈哈哈哈……

王耀庆：最后想问老师一个问题，对您来说，代官山是什么呢？

朝仓：代官山啊，就是我们努力守护的家园吧！我们家从150年前开始做米店的生意，这里有很多河，利用水车舂米、研米，然后我们就在这里做卖米的生意。这门生意做了50年，要说挣没挣钱，应该还是挣了一小笔钱吧。祖父建了一栋还算大的房子，现在也被评为重要文化遗产，还留存着。在那之后又过了50年，Hillside Terrace项目启动，又花了50年的时间建造这里。

所以在过去的150年里，我们一直在同一个地方，历史一直连通到现在，情况也一直在改变，每一个时间节点，社会的状况都有不同，而我们就在不断应对着这些状况，50年前启动了Hillside Terrace项目，一直坚持走到了今天。

如果要找一种动物来代表自己，我当然会私心地选老虎。

首先因为我属虎。我觉得它可以很可爱，但是没有人会忽视它的危险。

它像大猫，萌萌的，会游泳，又很懒；但是它有牙齿，有爪子，生气的时候是致命的。

这种情绪的张力，我觉得是一个演员应该要具备的。

DAVID WANG

×

DAVID WANG

王耀庆×王耀庆

自问自答

到目前为止，我采访了 12 位职业人。每次都会问一个固定问题：如果不做现在的职业，还会选择做其他职业吗？

每个人的回答都不一样。

如果再有一次机会想做别的吗？我的潜意识，可能是想要听到他们的坚持。但是当林怀民老师说"其实我是个小说家"的时候，你会忽然明白，对啊，答案在于你对自己的想象，或者说，这个问题其实是在追问我们对自己的了解到底有多深。

如果换我来回答，我的答案是：只想做演员。我当然也可以去上班，也许是当一名证券交易员，也许会去画画，可以做很多事情，但我现在认定所有的事情、所有的经历，都是为了表演而服务，我最喜欢、最享受的，还是表演。

当演员可以经历各式各样的人生，可以做很多平常不会做的事情，可以体会各种极致的情感，也许有点贪心，但我很享受。用各式各样的方式，通过声音、形体、想象，通过生活的积累，通过一个演员自身的认知，决定如何精准地传递出作品想表达的讯息。

人生经历很重要，它会给我一个心里面的支撑点，没有这些经历的时候，你只能靠别人的叙述去想象、揣摩。一旦有过亲身的经验，你就能很具象地表现出来。但是，毕竟我们的生活经历是有限的，因为表演的需要，有时会把日常经历的情绪提炼出来，把它加工得更纯粹，这个提取的过程是有趣的，但是它消耗的心力也很大。生活里面，对于不从事表演的人来说，其实不需要用到那么多的情绪，那会是一种负担，而演员要承受这些负担。

表演不是一件容易的事情，如果想要做好，真要付出很大代价。当然，表演也带给演员很大的满足感。俗气一点来说，当你满足了观众的想象，收到不错的报酬，这是一种满足感；但更大的满足感是，当你得到一个新的任务，新的角色，每天都在琢磨它，思考它，最后当你做出这个表演时，你也满足了自己对于角色的创作快感。满足感是会积累的，这也是为什么我一直在来来回回地说"要努力坚持下去"，因为不知道什么时候，某一天就会有人来跟你说，"也许你可以做这件事情。"

于是乎，我得到参演交响乐剧《培尔·金特》的机会，跟一百多人的交响乐团、合唱团合作，一个人扮演 22 个角色，这是此前从未想过的事情。当你站在整个乐团中间，当你感受着周围此起彼落的

《培尔·金特》2018 年台北首演

旋律，当你这么零距离地去享受古典音乐的时候，那个满足感让你知道，原来我此前所做的一切都有它的意义，让我今天有机会站在这里。

话虽如此，我还是觉得一个演员不能太沉迷于满足感，他更应该保持饥饿感，应该要时刻觉得还有哪里不足，不管是自身条件的不足，还是准备的不足。表演，是一个不断尝试的过程。勇于尝试，对所有事情都抱持着好奇跟新鲜的态度，不断地走出舒适圈。

要做一件事情，细节永远不嫌多。做足准备还不够，还要想办法用一种最简单、最直接的方式去呈现。就像考试一样，看了很多书，做了所有的准备，但上了考场什么也不能带，只有一支笔，只能用最简单的方式，选 C 还是 A，用一个字、一段话去回答这个问题，那些 ABCD 就代表了此前所做的所有准备。

在准备的时候做加法，在表演的时候做减法。怎样决定这个分寸，要加多少，要减多少，怎样做到恰如其分，这是演员一辈子的工作。它可以大到一个动作，小到一个呼吸，内在的节奏快一拍慢一拍，在哪一秒决定说这句台词，说的时候要带着多少情绪，或者是压着多少情绪，都需要控制。如果说我一生的志业，大概就是怎样在表演中做到恰如其分。

假设今天我要饰演的是一个叫作"蒲先生"的人，我就会开始想，蒲先生到底长什么样子，他是什么星座，他会做些什么事情，进而去揣测他可能是什么个性。通过别人的台词、自己的台词，再通过想象去画他的素描。

但是在这个过程中，你不会完全成为蒲先生。表演最好的状态是同一时间有三个人在这里。一个是蒲先生，是要扮演的那个角色；一个是王耀庆，是扮演蒲先生的那个演员；还有一个人是我，我在看着王耀庆如何扮演蒲先生。"我"会说，"你现在演得有点过，节我想成为一个好演员。

怎么定义『好』这个字？

有一个终极目标叫作恰如其分，不多也不少，刚刚好。

奏有点快，你得慢一点"，于是王耀庆就放慢了说话的节奏；"我"觉得现在节奏对了，反应也对，身体是朝着光的方向，所以蒲先生的脸上应该会有一个怎样的光线，王耀庆可以放什么情绪进去，现在镜头拍到上半身，所以即使手部有动作并不会出镜；"我"会提醒王耀庆，现场有背景音，可能是飞机飞过，所以声音要稍微大一点。所有的一切，都有一个"我"在审视王耀庆扮演着蒲先生，这个过程中三者一直在交流。最好的时候是三个人在一起，可惜，大部分时候不是这样的。

如何在表演里面找到那个"我"？就是当你听到现场喊"Action"的时候，当你走上舞台的时候，当你开始表演的时候，你会愿意相信，或者说服别人也相信，你就是蒲先生，这时候不管做什么，都是蒲先生的言语行为，因为有了自信，所以做什么都对。到底是蒲先生在做，还是王耀庆在做，还是"我"在做，就没有分别了。

这个"我"带着所有的情绪素材，带着此前所有的生活经历来创作，也许蒲先生并不需要全部，他可能只需要其中一两样，由"我"决定什么时候给，给多少，给到什么程度。有的时候你会觉得自己有不足，你会认识到这是"我"缺乏的部分，之后还要去完善那个"我"，也就是你自己。演完以后，表演蒲先生的经历又回归到"我"本身，成为你做下一件事情的某种素材。

世界上速度最快的不是光，也不是电，是念。一动念，就可以回到很久很久以前；不管某个人离你有多远，一动念，他也仿佛来到了面前；不管你身在哪里，但是我只要想着上海，想着纽约，这个地方就可以是外滩，也可以是时代广场。佛经里面说，一动念就有三万六千个可能性同时发生，为什么要无念，就是要消灭自己这些繁杂的念头。

当想象跟视野提升到一定高度的时候，你在任何一个时间点感

即便有让你觉得沮丧的事情，那也是积累。没有好跟不好，只要去做了，任何的经验对于一个演员来说都是有效的。

受到的任何情绪，放在这个世界上的任何其他角落，都能够汲取能量，也都能投射出相对应的情绪。这就是念，这就是那个"我"。

近几年开始有这样的感受和想法，"不能让别人的审美决定自己的高度"。我是觉得每个人内心都要对自己有一个判断，不要丧失那份自信，也不要放弃追求更好的那份热情。

我是演员，所以我只能从个人职业角度出发，没有办法去讨论很多市场上的事情，如果问今天这是不是一个好的表演，谁说了算，那个"我"说了算。节奏对不对，呼吸对不对，是不是百分之百付出了，是不是达到了极限，这是我可以负责的部分。

当然，表演是为了导演要讲的故事而服务，导演如果说，你还能不能做到更多，你必须说"我可以"，也许会有一个更好的表演。但观众喜不喜欢呢？观众来自很多不一样的背景，一个演员不可能满足所有人。

我的理想境界是"不以物喜，不以己悲"，不因为外在环境而影响到内在的情绪，时时刻刻自我检查，是不是付出了全部，可不可做得更好。只要你能回答自己，"是的！这是我当下所能做的最好结果。"那么问心无愧，这就是最好的表演。

我在《职人访谈录》十二期的访问中，最后总是会问，"您所从事的职业对您而言意味着什么？"

我问林怀民老师，舞蹈对他来说是什么；我问林奕华导演，戏剧对他来说是什么；我问李士龙老师，表演对他来说是什么；我问陈建骐，音乐创作对他来说是什么；我问北川老师，艺术对他来说是什么，大家用最简单的话语告诉我们，做了这么多，坚持了这么久，一直在自己喜欢的事情里面，这就是积累；不厌其烦地一直重复，在重复中尝试把事情做到更好，这就是生命。

如果此时此刻问我，表演对我来说是什么，

我想，表演是生命啊！如果没有做好，就是没命。

我要用生命里所有的一切，

我感受到的、经历过的、学习过的、听过的，甚至想象中的所有一切去做这件事情。

2018 年 8 月 2 日

于日本十日町·里山美术馆

后记　不期而遇的后来

　　从 2016 年开始，拍摄和制作《职人访谈录》，都是从工作的夹缝中挤出时间来做的。一年 365 天，我大概只有 30 天是不工作的，很享受那种时间都被工作塞满的感觉。忙，代表着一种"被需要"，表示自己还有强烈的创作欲望，还对很多事情感到好奇，也还有很多未知想要探索。

　　跟每一位职人的访谈，都是一个难得的学习机会，而当时并不知道，在这些美好的相遇和交谈之后，还会发生更多精彩的"后来"。

　　在首都剧场采访李士龙老师那天，竟然遇到排练中的濮存昕老师。第一次见到濮老师是在舞台上，2009 年在西安巡演《华丽上班族》，休息日去看"人艺"的话剧《李白》，台下的观众讲话、吃零食、手机铃声此起彼伏，对演出干扰极大，可是台上的"李白"却丝毫不受影响，没有一丝闪神和松懈，让我极为佩服、尊敬。从那之后，一直期待哪天能在舞台上遇见濮老师。后来，在纪念普希金的诗歌朗诵会上，终于有机会跟他同台，得偿所愿。

《普希金诗歌朗诵会》上的濮存昕和王耀庆

　　2017年11月在代官山采访北川富朗先生，采访快结束时，北川老师忽然说："王桑，有机会一定要来亲自体验一次艺术节啊！"没想到，2018年的夏天，我真的设计了一个作品——《表演的秘密》，参加了由北川先生策展的《方丈记私记》项目，这要特别感谢北川富朗先生中国合作伙伴孙倩老师的热情引荐。"方丈记"其实是一个想象中的"方丈村"，它对设计者的要求是：要在"一丈四方"（四块半榻榻米）的极小空间里，实现居住、工作、商铺、食堂、社交、创作等功能，共甄选30个案例，均匀搭建在里山美术馆一楼回廊之中，观看者可以在真实的"街道"行走，在共建的"村落"往来。重点是，报名资格一栏明确写着："充分理解大地艺术节举办宗旨并有兴趣参与的创作者均可投稿"。哈！那句"我可以！"立刻大无畏地冒了出来。

　　交稿之后的三个多月，第一次体验了焦灼不安的等待期，因为评委是原广司和西泽立卫两位建筑师，又听说投稿非常热烈，估计胜算不大。进入初选、复选，再进入决选，最后一关是去东京组委会办公室面谈，针对评委提出的问题阐述解决方案。最终拿到入选通知书的时候，还是觉得难以置信。

演技の秘密
Secrets of Performing : Know Yourself

ここは一つ縮小した舞台空間。ここは一つの演劇実験室でもあります。空間内のあらゆる配置を自分で変えれるように設置してあるため、あなただけのユニークな舞台空間を創り出せます。

この空間のデザイナーは一人の役者です。役者は常に自分へ問いかけ続けなければなりません。演技をするという行為は、自分を発見するプロセスです。どうぞ、この小さな空間内に役者の日常を体験してみましょう。

This is a miniature drama laboratory. You can change several settings in the room to make your own performance space.

The designer of this work is also an actor, who has been asking himself questions and discovering his inner world in the process of acting. Through this work, audiences will have a chance ... with actors' daily life and spiritual states ...

孙倩女士为耀庆介绍艺术家邬建安的作品《五百笔》

这个作品还有幸邀请了《职人访谈录》的另一位受访者明哥（钟泽明）参与音效设计，他的独特设计为"微型表演空间"带来了超高人气；还有和我一起参演《聊斋》的演员伙伴旻学（戴旻学）、小路（路嘉欣）、小八（赵逸岚）、俊杰（黄俊杰）、宏元（王宏元），跟他们一起经历了40度高温下热到爆炸的户外表演，相信夕阳下里山美术馆水池中央的四人麻将会让我们记住很久。

真的很感谢，因为当初的一个发想，带来这么多的意料之外，和这些真实、善良、美好的灵魂相连的那个瞬间，心里一片阳光灿烂。

就像北川老师说的，"现在做什么事都没以前快乐，只想着赚钱，只在乎效率，真正的快乐是能跟不同的人交手，随时接招，一起玩耍。"这句话正是我的心声。

2018 年 12 月 6 日

《职人访谈录》主创团队

策划/出品人　王耀庆

监制　杜娟　尹璐

制片人　尹璐

执行制作/文案编辑　韩雨珊　吴乃歆

节目策划　石玲娟　韩勇

行政支持　马宏艳

艺人经纪　孙艳辉

制作　中鼎华艺

特别支持　君为天美

本书收录艺术家拍摄团队

—————　—————　1　王耀庆 × 林奕华

CHAP
1
DAVID WANG
×
EDWARD LAM

影片制作　Gain Production

导演　袁锦伦

执行制作　陈咏琪

摄影　黄海辉　王隽皓

灯光　伍自明

收音　李庆强

剪辑　袁锦伦

服装与造型设计　郭家赐

艺人梳化　Priscilla Choi

拍摄统筹　韩雨珊

艺人服装赞助　Agnes b

特别鸣谢　非常林奕华

—————　————— **2 王耀庆×林怀民**

CHAP
2
DAVID WANG
×
HWAI-MIN LIN

影片制作　也行影像制作有限公司

导演　周文钦

制片　许文嫒

执行制片　陈奕伶

摄影　林子尧　沈子耕　周文钦

收音　孙浩轩

灯光　郑元贯

摄影协力　许耕维

剪辑　周文钦

剪辑协力　许家榕 冼澔杨

艺人梳化　Priscilla Choi

平面摄影　刘振祥

拍摄统筹　韩雨珊

特别鸣谢　云门舞集

　　　　　刘家渝　林书聿

—————　————— **3 王耀庆×李士龙**

CHAP
3
DAVID WANG
×
LI SHILONG

影片制作　也行影像制作有限公司

导演　周文钦

制片　许文嫒

执行制片　陈奕伶

摄影　陈武南　郭展华　周文钦

收音　乔明子

剪辑　冼杨

音乐　焦元溥

艺人梳化　周延泽

平面摄影　张敬舜

拍摄统筹　张敬舜　韩雨珊

特别鸣谢　北京人民艺术剧院

　　　　　李六乙导演工作室

　　　　　李六乙　濮存昕

4 王耀庆×陈建骐

影片制作　也行影像制作有限公司

导演　周文钦

制片　许文媛

执行制片　陈奕伶　林佳旋

摄影　林子尧　刘崴廷

收音　冼灏杨

摄影助理　许耕维

剪辑后期　周文钦　冼灏杨

音乐　陈建骐

艺人梳化　梦迁

平面摄影　李佳晔

特别鸣谢　好多咖啡馆

5 王耀庆×钟泽明

影片制作　Gain Production

导演　袁锦伦

执行制作　陈咏琪

摄影　王庆恒　邓炜善

灯光　伍自明

收音　梁超荣

剪辑　陈咏琪　袁锦伦

音乐　焦元溥

服装与造型设计　郭家赐

艺人梳化　Priscilla Choi

平面摄影　温璐

拍摄统筹　石玲娟

艺人服装赞助　Agnes B

特别鸣谢　YK　Zoo Music Studio

　　　　　Spring4 Workshop

　　　　　...Huh!?　假音人　非常林奕华

―――　―――― 6 王耀庆×焦元溥

CHAP
6
DAVID WANG
×
YUAN-PU CHIAO

影片制作　Gain Production

导演　袁锦伦

执行制作　陈咏琪

摄影　王庆恒 郑正恒

剪辑　陈咏琪 袁锦伦

音乐　焦元溥

艺人梳化　周延泽

平面摄影　温璐

拍摄统筹　吴乃猷

特别鸣谢　台湾爱乐乐团

　　　　　台北两厅院

古巴娜咖啡馆

张尹芳　许惠品

林玲慧　温慧雯

———————————— 7　王耀庆×田岛征三

CHAP
7
DAVID WANG
×
TASHIMA SEIZO

影片制作　Gain Production

导演　袁锦伦

执行制作　陈咏琪

摄影　王庆恒　郑正恒

拍摄顾问　孙倩

现场翻译　陈涛

剪辑　陈咏琪　袁锦伦

音乐　焦元溥

服装与造型设计　郭家赐

艺人梳化　周延泽

平面摄影　温璐

拍摄统筹　韩雨珊　陈涛

日文翻译　吴珍珍

协助机构　（株）Art Front Gallery

北京瀚和文化传播有限公司

NPO法人越后妻有里山协助机构

椿茶屋

特别鸣谢　芝山祐美

———————————— 8　王耀庆×北川富朗

CHAP
8
DAVID WANG
×
FRAM KITAGAWA

影片制作　Gain Production

导演　袁锦伦

执行制作　陈咏琪

摄影　王庆恒　郑正恒

拍摄顾问　孙倩

现场翻译　陈涛　陈秀华

剪辑　陈咏琪　袁锦伦

音乐　焦元溥

服装与造型设计　郭家赐

艺人梳化　周延泽

平面摄影　温璐

拍摄统筹　韩雨珊　陈涛

日文翻译　吴珍珍

协助机构　（株）Art Front Gallery

　　　　　北京瀚和文化传播有限公司

　　　　　NPO法人越后妻有里山协助机构

特别鸣谢　泉谷满寿裕

　　　　　刀祢秀一

　　　　　小岛万里奈

　　　　　芝山祐美

———　　　———　9 王耀庆 at 代官山

CHAP
9
DAVID WANG
at
HILLSIDE TERRACE

影片制作　Gain Production

导演　袁锦伦

执行制作　陈咏琪

摄影　王庆恒　郑正恒

拍摄顾问　孙倩

现场翻译　陈秀华

剪辑　陈咏琪　袁锦伦

音乐　焦元溥

服装与造型设计　郭家赐

艺人梳化　周延泽

平面摄影　温璐

拍摄统筹　韩雨珊

日文翻译　吴珍珍

服装赞助　Club Monaco（部分）

协助机构　（株）Art Front Gallery

（株）朝仓不动产

槙综合计划建筑事务所

北京瀚和文化传播有限公司

10 王耀庆×王耀庆

CHAP
10

DAVID WANG
×
DAVID WANG

影片制作　Gain Production

导演　袁锦伦

执行制作　陈咏琪

摄影　王庆恒　郑正恒

剪辑　陈咏琪　袁锦伦

音乐　焦元溥

服装与造型设计　郑如彬

艺人梳化　周延泽

平面摄影　温璐

拍摄统筹　韩雨珊　吴乃歆

协助机构　（株）Art Front Gallery

北京瀚和文化传播有限公司

NPO法人越后妻有里山协助机构

非常林奕华　台北两厅院

台湾爱乐乐团　台北室内合唱团

特别鸣谢　　孙倩　钟泽明

张尹芳　陈彦任

图片鸣谢

（依图片所在页码为序）

© 温璐 摄影

扉 1/ 扉 2/ 扉 4/4–5/116–118/124/125/133/137/140/142/143/144–145/146/
148 上 /154/158/164–165/173/174/175/182–183/184/185/186/187/190/
192/195/196/197/199/200/203/204/206/209/210/212/213/
214 上 /215/216–217/218/219/220/221/230/232/233/235/
236/237/239/240/241/242/244–245/253/255/256/258/
261/262/264/266/267/268/270/273/274–275/286/
287/288–289/290/291/302–303

© 张博然 摄影

6

© 刘振祥 摄影

扉 3/8 上 /10–1/19/47/48/50/55/56/57/58/59/60/61/63/110/121/278

© 非常林奕华 供图   ©Keith hiro 摄影

8 下 /9 中 /11/248   9 上

© 张志伟 摄影   © 何定伟 摄影

9 下   10 下 /15/24/29/30

© 余静萍 摄影   © 林百里 摄影

27   38

© 云门舞集 供图   © 游辉弘 摄影

39/44/53/54   40

© 张赞桃 摄影   © 张敬舜 摄影

41   64–65/68/70/75/85

© 李士龙 供图   © 李佳晔 摄影

66/72/76–77   90–91/92/98/106/115

© 钟泽明 供图   © 尹璐 摄影

129   148 中 /148 下 /181/214 下 /243

©Darwin Ng 摄影   © 魔笛文化 供图

280/282   285

文
景

Horizon

社科新知 文艺新潮

耀庆职人访谈录：游艺的人

王耀庆 等 著

出 品 人：姚映然

特约编辑：尹 璐 韩雨珊

责任编辑：李 頔 周官雨希

营销编辑：胡珍珍

装帧设计：周伟伟

出 品：北京世纪文景文化传播有限责任公司
　　　　（北京朝阳区东土城路8号林达大厦A座4A 100013）

出版发行：上海人民出版社

印 刷：北京盛通印刷股份有限公司

制 版：北京大观世纪文化传媒有限公司

开 本：710mm×1000mm 1/16

印 张：20.25 字 数：213,000

2019年8月第1版 2019年8月第1次印刷

定 价：75.00元

ISBN：978-7-208-15968-6/J·542

图书在版编目（CIP）数据

耀庆职人访谈录：游艺的人 / 王耀庆等著. —上
海：上海人民出版社，2019
　ISBN 978-7-208-15968-6

Ⅰ.① 耀… Ⅱ.① 王… Ⅲ.① 访问记–作品集–中国
–当代 Ⅳ.① I253

中国版本图书馆CIP数据核字（2019）第138512号